LES

RÉCITS DU FOYER

HISTORIETTES MORALES ET AMUSANTES

DÉDIÉES A LA JEUNESSE

PAR

Mme MARIE FORGUES

1er RÉCIT

DENISE

OU

LE DÉVOUEMENT FILIAL

PARIS

CHEZ LES PRINCIPAUX LIBRAIRES

MDCCCLXVI

LES

RÉCITS DU FOYER

LES

RÉCITS DU FOYER

HISTORIETTES MORALES ET AMUSANTES

DÉDIÉES A LA JEUNESSE

PAR

Mme MARIE FORGUES

1er RÉCIT

DENISE

OU

LE DÉVOUEMENT FILIAL

PARIS

CHEZ LES PRINCIPAUX LIBRAIRES

M DCCC LXVI

AVANT-PROPOS

Le modeste et chétif ouvrage que nous présentons en tremblant aux lecteurs, est l'œuvre première d'une plume inexpérimentée, mais franche et loyale : Madame Marie Forgues, nature intelligente et bonne, douée d'une imagination vive et d'un cœur ouvert à tous les sentiments généreux, a trouvé moyen, au milieu d'une existence des plus laborieuses, de jeter sur le papier ses meilleures inspirations, pour les offrir comme distraction à la jeunesse, sous la forme de Récits, où sont évoquées toutes les vertus qui poussent ceux qui les possèdent aux grands dévouements et aux belles actions! Son plus vif désir serait de semer quelques bons grains dans les sillons du souvenir de ses jeunes lecteurs, afin qu'ils puissent y germer un jour et produire une moisson d'idées pures et élevées!

Cela paraît sans doute audacieux de vouloir atteindre un tel but, d'autant plus que Madame Marie Forgues n'a nullement la prétention de briller par l'élégance du style ou l'excentricité de ses héros, mais seulement de retracer avec simplicité ses propres pensées, et ses plus saintes croyances!

Nous donnons ici quelques titres des Récits qui suivront : *Le violon d'Anatole, ou le souvenir d'Antonin;* — *Le chien de Jenny la balayeuse;* — *Le capitaine Romuald;* — *Marie ou la cabane du pêcheur ;* — *Claude, ou le millionnaire en espérance ;* — etc., etc.

Déjà plusieurs de ces Récits sont préparés et paraîtront successivement après *Denise*, qui, nous osons l'espérer, sera accueillie avec toute la bienveillance que l'on accorde généralement à l'auteur qui vient humblement solliciter l'indulgence de ses juges en faveur de la moralité du but.

E. A.

INTRODUCTION

Une après-midi que j'attendais avec ennui la visite d'un importun qui avait eu le soin de se faire précéder d'une longue et fastidieuse épître, le timbre de ma pendule frappé cinq fois vint m'avertir que la nuit tombait et que j'étais en droit de reconquérir ma liberté. — Je m'obstinai néanmoins à prêter encore une oreille attentive au moindre bruit provenant d'une sonnette ou de l'ouverture d'une porte.

Que ferais-je de ma personne? me demandais-je

avec humeur, si je sortais? très-bien... — mais s'*il* venait après mon départ? Eh bien! *il* sait que je dîne chez moi à sept heures, et *il* m'attendrait cent vingt minutes : chacun son tour.

Satisfait de ma décision, j'endosse mon vêtement le plus chaud, je me couvre le menton et la partie inférieure des oreilles d'un épais cache-nez avec lequel je pouvais impunément braver un froid de trente-six degrés,... et me voilà le pied dans l'escalier.

Tout à coup je me ravise.

Il me faut, en cas de rencontre, chercher un prétexte : car avouer que je m'ennuyais est assez ridicule, et, comme il y a plus de petits esprits que de grandes imaginations dans ce monde, il serait possible que mon visiteur acceptât ma franchise comme l'équivalent d'une impolitesse ; ne trouve-t-on pas habituellement chez soi une foule de distractions?...

Je cherchai donc vainement un motif plausible sans en trouver aucun.

Il arrive souvent que les idées vous fuient et vous échappent quand on s'acharne à les poursuivre, et c'est précisément ce qui me survint. Je remis avec impatience ma clef dans la serrure et j'ouvris ma porte en maugréant tout haut contre ma faiblesse et ma sottise.

Ma lampe brûlait encore et projetait autour d'elle un faible rayon qui me fit apercevoir mon bon fauteuil où je faisais ma sieste habituelle. Je m'y laissai tomber en poussant un lamentable soupir.

J'inclinai ma tête sur une de mes mains, je m'appuyai à l'un des bras de chêne sculpté de mon douillet fauteuil, puis je fermai les yeux et j'essayai de dormir.

Singulière fantaisie que celle-là ! Ce n'est tout simplement que pour tromper l'ennui !... pensai-je. Mais, ainsi que les idées, le sommeil fut insaisissable, et cependant j'avais autour de moi des livres de science qui eussent dû le provoquer, livres trop sérieux pour mon esprit distrait, surtout en ce moment.

Que les visiteurs qui se font attendre sont insipides ! m'écriai-je en faisant un bond qui, à lui seul, eût fait la brillante réputation d'un saltimbanque de places publiques ; mais voilà qu'en retombant sur mes pieds (ce qui produisit un choc qui ébranla tous les meubles) je vis rouler devant moi un paquet artistement ficelé que je n'avais pas encore aperçu. Je m'emparai avec une extrême vivacité de ce bienheureux paquet et je l'ouvris précipitamment :... c'était du papier glacé à l'adresse d'un de mes amis.

J'examine son format et je compte les feuilles avec le même enthousiasme que met un enfant à considérer ces petites images qui épanouissent leurs lèvres purpurines sous tant de gracieux sourires.

Quelle heureuse idée !... Si j'écrivais.

Mais quoi ? — où prendrai-je mon sujet ?

Rien n'est plus facile : je me plais dans les bois, j'idolâtre une forêt !.... il y a là matière à créer des centaines de volumes, sans être obligé pour cela de s'entretenir avec les bêtes fauves qui voyagent si souvent dans ces lieux tant vantés par Mesdames les Fées !

D'ailleurs, on ne rencontre point à chaque pas des reptiles ou des loups, et je me souviens avoir maintes fois écouté, sans aucun danger, les chants harmonieux d'une foule de petits oiseaux qui gazouillaient tendrement sous l'épaisse feuillée ; et combien ai-je aussi admiré de gracieux écureuils gambadant avec légèreté sur les branches de ces arbres séculaires dont les cimes à l'aspect austère s'inclinent sous la rosée matinale qui les a fortifiés depuis leur premier printemps, et vient encore les caresser à l'aube de leur vieillesse.

Ne croyez pas que je veuille vous effrayer par un trop sombre récit, ô! mes jeunes lecteurs! Non. Loin de moi cette pensée : car mon plus vif désir en écrivant pour vous est d'entraîner votre imagination ardente à la suite de la mienne et de la faire assister à quelques scènes émouvantes des misères de l'humanité..... — misères noblement supportées, et qui éveillent dans toute âme bien née les sensations les plus poignantes et les plus douces à la fois.

Arrêtons-nous donc, chers lecteurs, près de ce bois touffu qui s'ouvre à quelques pas, et gardons-nous bien de pénétrer dans le moindre de ses fourrés.

« — Enfin me voilà campé !... je pose mon carnet sur mes genoux, mon écritoire de poche à côté de moi, et je saisis ma plume.... elle reste immobile....

Pourquoi ?... C'est que j'entends d'ici votre maligne question :

— Cette plume sera-t-elle bonne au moins?

« — Qu'importe si l'écriture est défectueuse, pourvu que le récit vous frappe au cœur ! »

Cependant je remarque encore en vous une légère teinte d'ironie.... une certaine appréhension :.... vous redoutez les écarts novices de ma plume d'oie !... Arrêtez ce jugement prématuré, et croyez que, malgré sa modeste origine, elle cher-

chera, par sa simplicité même, à retracer avec vérité les images que je veux offrir à votre jeune critique, qui, je l'espère, me sera bienveillante.

Cela dit, je commence.

DENISE

(1er RÉCIT)

> Le plus saint des devoirs, celui qu'en traits de flamme
> La nature a gravé dans le fond de notre âme,
> C'est de chérir l'objet qui nous donna le jour !
>
> (Ruth et Noémi)

I

Sur la lisière d'un petit bois situé à l'extrémité d'un joli bourg de... se voyait une cabane dont l'extérieur délabré inspirait la plus profonde tristesse.

Quelques branches à demi mortes d'un énorme sorbier s'affaissaient sur son toit de chaume, lézard en plusieurs endroits et se mêlaient avec une sorte de grâce à de nombreuses touffes de giroflée simple ; puis, quelques tiges de liserons aux nuances pâlies dès l'épanouissement de leurs pétales se contournaient en tous sens à un sureau, dont les vigoureuses racines poussaient activement, et ce groupe charmant enveloppait de son ombre protectrice les pans dégradés de la pauvre chaumière sans se préoccuper autrement de son morne aspect.

L'intérieur de cette cabane offrait un étrange contraste : d'une part, la douleur dans le silence ;

de l'autre, la gaieté de l'insouciante jeunesse ; partout cependant la misère avait tracé son âpre sillon, qu'indiquaient assez deux misérables paillasses, recouvertes d'une grosse toile rapiécée et trouvant leur appui sur quelques rotins qui s'appuyaient à une des murailles latérales. Dans le fond le plus obscur s'étalait, en travers d'une armoire vermoulue, un long panier d'osier, rempli de fougère fraîche, qu'entourait un fragment de rideau à fleurs rouges et servant de berceau à un petit enfant qui souriait ou pleurait suivant ses caprices non satisfaits, ou ses besoins inassouvis.

En face des deux paillasses s'élevait l'âtre, alimenté journellement aux dépens de branches mortes et de feuilles sèches recueillies dans le bois voisin. Sur le côté, une planche qui formait la table se consolidait à chaque extrémité d'une énorme pierre, devant laquelle un banc de même nature servait de siége aux hôtes de cette misérable demeure.

Au-dessus, cinq ou six lattes formant une espèce d'encadrement, recélaient quelques assiettes brunes et blanches, plusieurs tasses de diverses formes, accompagnées de bon nombre de couverts d'étain, qui reluisaient en tout temps d'une exquise propreté.

Cette cabane était habitée par un journalier

nommé Gilles, asthmatique depuis dix ans ; par Catherine sa femme, boiteuse dès sa plus tendre jeunesse, et par trois enfants qui restaient aux deux époux sur onze qui leur étaient nés.

François, l'aîné, ouvrier forgeron, était depuis plus d'un an éloigné du toit paternel pour satisfaire au droit commun, le service militaire, cette dette sacrée envers la patrie.

François avait senti des larmes amères brûler ses yeux, en pensant à la déplorable situation dans laquelle il allait laisser sa famille qui n'avait que lui pour unique soutien (car la mort avait depuis quelques années moissonné ses cadets). Il ne restait auprès d'eux que deux filles, dont l'aînée avait à peine douze ans et la seconde sept. Enfin, un petit garçon, né peu de jours après son départ, redoublait encore ses anxieuses appréhensions.

Dans les premières lettres de François, que l'on recevait le premier dimanche de chaque mois, — le jeune conscrit promettait de revenir bientôt ; son capitaine l'ayant pris en amitié, il assurait pouvoir obtenir par lui un congé illimité !.....

En ces jours de douce réception, la cabane prenait un air de fête. Catherine, tenant son dernier né sur ses genoux, s'asseyait à côté de Gilles ; à ses pieds, Denise, les yeux fixés sur les lèvres de sa mère, et

Fanchette debout, le bras posé sur l'épaule de sa sœur, la bouche souriante et animée pour accueillir chacune des promesses de François, son bon parrain, qu'elle aimait si tendrement!

La pauvre mère lisait à plusieurs reprises les précieuses épîtres, où s'épanchaient si abondamment les affectueuses espérances du conscrit.

Plus d'une année s'était enfuie pourtant, sans ramener le pauvre soldat, dont les lettres laissèrent bientôt deviner, malgré lui, une sorte de découragement qui n'échappa pas à l'esprit clairvoyant de Gilles et qui déchira impitoyablement l'âme tendre et sensible de Catherine.

II

Depuis longtemps, les petites épargnes faites aux dépens de la paye de François étaient épuisées; la gêne s'était d'abord montrée au seuil de la cabane, pour s'y asseoir ensuite opiniâtrement; puis, l'âpre visage de la misère, suivie de son triste cortége, vint partager sans trêve et sans merci la dure couche des pauvres époux et enlever à leurs paupières endolories par les larmes le sommeil réparateur, qui cautérise, pour quelques heures au moins, les plus intenses douleurs!

Gilles et Catherine se lamentaient souvent en s'entretenant de l'avenir, spectre hideux et terrible, et déploraient leurs tendres illusions, détruites par une effrayante réalité!

L'aube paraissant, il fallait néanmoins se remettre au travail, quoique leurs membres pesants protestassent de leur incessante fatigue, et que jamais nul rayon d'espérance n'éclairât un seul instant le sombre tableau de leur détresse.

— Ah ! disait Gilles à Catherine, comme ils revenaient un soir plus tard que de coutume et surtout plus accablés, si j'étais un peu ingambe, je me louerais dans une ferme; mes gages te serviraient à nourrir nos trois enfants !... Mais qui m'accepterait?... A chaque pas je m'arrête pour souffler, et je suis sûr qu'on ne tarderait pas de me donner mon compte.

— J'avais eu la même idée que toi, reprit Catherine, et comme toi je me suis dit : que ferait-on d'une infirme? en me voyant, on me croirait incapable de supporter le travail !...

— Que deviendrons-nous alors, femme? Notre gain à tous les deux est insuffisant ; quant à compter sur François, ce serait un tort : il ne reviendra qu'après ses sept ans de service, quoiqu'il n'ose pas nous le confirmer !... J'ai compris le tourment qu'il endure à notre sujet.... Pauvre garçon ! Je ne sais ni A ni B, Catherine, pourtant j'ai saisi ça le dernier dimanche en t'écoutant, et je songeais avec douleur à nos deux filles, qu'il nous faudra envoyer à l'aumône, si nous ne préférons les voir mourir de besoin!... Et ce petit Joseph, qui nous est survenu pour comble de malheur.

— Ne regrette pas sa naissance, à ce pauvre chérubin!... je t'en supplie, fit Catherine; si la Providence nous l'a envoyé, il est vrai sans que nous l'ayons désiré, elle le protégera!... Mais songe donc comme il nous sourit, le cher petit, quand il nous voit tristes; comme il étend ses petits bras vers nous, et quand nous pleurons, ne dirait-on pas qu'il veut essuyer nos yeux par ses douces caresses?

Oui!... Ah! que ferons-nous de lui, Seigneur!... penses-y bien, femme!... toi qui disais si bien, avant son arrivée, que quand la mère dressait le berceau, le bon Dieu y mettait la miche!... Jusqu'ici nous ne nous en sommes guère aperçus; aussi parfois, je te l'avoue, ma bonne Catherine, je me sens tout-à-fait découragé! Ce soir, par exemple, que nous n'avons presque rien au logis et que nous devons attendre le jour de marché pour débiter nos fagots, les enfants demanderont à manger; ils ne comprendront pas, eux, qu'il y a une si grande disette à la cabane!... Et pour surcroît, voilà l'orage qui s'apprête.... je vois le ciel se noircir au travers des arbres.... la nuit nous gagne.... nous arriverons tard et nos guenilles toutes trempées !... Ah ! crois-tu qu'il n'y a pas de quoi se dépiter devant tant de misère !... femme, dis, n'est-ce pas vrai ?

— Calme-toi, Gilles, tu m'affectes par tes plaintes si souvent renouvelées. Du courage, donc. Nos enfants sont si aimables, que c'est ma consolation ; et notre Denise, qui travaille toute la journée comme une personne raisonnable !... elle soigne mieux le petit que je ne le ferais moi-même !... Oui, c'est notre Providence depuis que François est parti !

— Je sais bien que Denise est une brave enfant ; mais que peut-on attendre d'une fillette de son âge ? Je pensais justement à elle dans ce moment, car si le tonnerre éclate.... gare là-bas !... Fanchette va crier de toutes ses forces et le marmot avec.... elle est si peureuse, Fanchette, depuis qu'elle a failli être dévorée par le feu du ciel !... Je crois toujours entendre ses cris, qui m'épouvantaient davantage que les gémissements de nos pauvres bestiaux, étouffés par la fumée de ce terrible incendie qui nous a mis pour ainsi dire tout nus sur le pavé !..... Mais pressons le pas, Catherine, je sens déjà des gouttes mouiller mes mains.

— Je ne puis aller plus vite, Gilles, mes pieds sont tellement gonflés et je suis si lasse !...

— Prends mon bras, je t'aiderai toujours un peu.

— Non, tu es si fatigué toi-même, pauvre homme!

— C'est demain dimanche!... nous aurons au moins un peu de repos, si nous manquons de nourriture, ajouta Gilles en poussant un énorme soupir.

— Il ne faut jamais se désespérer, Gilles, surtout devant les enfants ; ils seraient plus malheureux encore s'ils comprenaient notre misère!...

— C'est facile à dire, répliqua Gilles, et tu as cependant raison, car de se plaindre, cela n'apporte pas une pièce de six liards de plus à la maison ; aussi je ne parlerai plus, je te le promets ; je vois bien que tu te tourmentes autant que moi!.. Allons, allons, appuie-toi ferme sur mon bras!... il est encore solide, va, celui-là, et si mon coffre était pareil, j'aurais plus de courage : la fatigue, tu le sais, femme, ne m'a jamais fait peur!

Catherine soupira et, s'appuyant au bras de son mari, ils marchèrent tous deux silencieusement, le dos courbé sous le poids de lourds fagots qui brisaient leurs épaules déjà meurtries.

La pluie, qui s'annonçait d'abord en gouttes rares et saccadées, tomba bientôt plus rapide, puis à flots!

Le pauvre couple ne savait où poser le pied, dans la crainte d'une chute !

Catherine, dont les vêtements mouillés entravaient la marche, s'arrêta net.

Gilles commençait aussi à plier sous la pénible charge ! Tous deux enfin furent forcés de s'arrêter un moment et de chercher un abri sous le plus feuillu des arbres.

L'orage continuait à gronder, se dirigeant vers l'humble cabane.

III

Denise, dans l'attente de ses parents, préparait le frugal repas du soir, qui se composait d'une maigre soupe et de quelques pommes de terre cuites à l'eau.

— Tout est prêt maintenant, dit la jeune fille en déposant sur la table que nous avons décrite et qui était recouverte d'une grosse toile blanche, quatre assiettes et autant de cuillères, puis elle prêta au dehors une oreille attentive.

N'entendant rien, elle poussa un soupir.

— Denise! s'écria tout à coup Fanchette d'une voix effrayée, un éclair m'a traversé les yeux, c'est le tonnerre!... Entends-tu?

— C'est le vent qui s'engouffre dans la cheminée...

2.

Ne crie pas, ma petite Fanchette.

— J'ai peur!... oh! comme j'ai peur!... mon Dieu! reprit Fanchette : les arbres craquent.... ils vont se fendre et ils nous écraseront sous le toit qui tient à peine, à ce que dit notre père!.

— Mais ce sont les rafales qui les font gémir, je t'assure, petite peureuse, sois donc plus raisonnable! je suis avec toi, et le bon Dieu nous garde!

— Le feu du ciel tombera encore ici, exclama Fanchette en courant au travers de la cabane pour chercher un refuge et se cachant les yeux de ses petites mains... Voilà encore un éclair!... Nous allons être brûlées! Denise!... ma sœur.... où me cacher?...

— Ah! Fanchette! comme c'est vilain de ta part de crier ainsi,... tu vas réveiller Joseph qui a eu tant de mal à s'endormir!... Rassure-toi, petite sœur, ajouta Denise en entourant de ses bras le cou de Fanchette et l'attirant sur ses genoux... Mais tu trembles, pauvre petite!... on croirait que tu as froid; approche tes mains du feu pour les réchauffer.....

— Je te dis, Denise,... que l'orage est tout près de notre cabane, et que le tonnerre va tomber sur nous!...

— Nous allons prier le bon Dieu, pour qu'il

nous préserve d'un si grand malheur, Fanchette!... Ah! si nos parents étaient rentrés seulement, mais sous cette pluie ils vont être mouillés jusqu'aux os... Pourvu qu'il ne leur arrive aucun accident! Comme ils tardent, ce soir.

— Ils se seront abrités d'un arbre, Denise, car sans cela ils seraient déjà arrivés.

— Je l'espère, répondit Denise d'une voix triste...

— Holà! holà! cria de nouveau Fanchette, le tonnerre, les éclairs, tout est en feu ici! nous allons tous périr, Denise!...

Et la petite fille s'enveloppa la tête du tablier de sa sœur pour soustraire ses oreilles au bruit de l'orage qui grondait. On entendait non loin de la cabane le craquement prolongé des arbres; enfin, l'enfant endormi se réveilla et se mit à pleurer.

— Allons, tout est calme, maintenant Fanchette, fit Denise; j'espère que tu ne crieras plus, le tonnerre vient de tomber, je l'ai entendu... Écoute toi-même et tu verras qu'il n'y a plus de danger. Fanchette souleva la tête, et ses yeux effarés inspectèrent la cabane comme si elle redoutait que quelque pan n'en fût enlevé.

— Que ferai-je maintenant pour calmer ce pauvre petit, dit Denise en s'emparant de Joseph qui redoublait ses cris?... S'il est arrivé quelqu'accident à nos parents, comment le consolerai-je?

— Tu as dit tant de fois, ma sœur, que son patron le mettrait sous sa bonne garde.

— Certainement, Fanchette, et je le répète... Pourtant, tout petit qu'il est, il s'en apercevrait bien vite, va! s'il n'avait plus les caresses de notre mère!...

Et Denise dorlottait l'enfant en le couvrant de baisers!

— Comme tu aimes Joseph, aussi toi, ma sœur, répartit Fanchette d'une voix sombre.

— Eh! qui ne l'aimerait pas, il est si doux et si gentil, ce pauvre petit!... regarde-le donc, on dirait que ses beaux yeux, couleur de bleuets, cherchent avec nous et attendent avec la même inquiétude l'arrivée de nos pauvres parents!... Oh! que j'aurai de peine.... à le quitter,... ajouta Denise en essuyant une larme!..

Fanchette pâlit et saisit vivement la main de sa sœur;

— Quitter Joseph!... tu n'y penses pas, sans doute, car ce serait te séparer de nous alors : où irais-tu, sœur?... Oh! ne nous abandonne pas, je t'en prie.... ou bien ton départ me tuera! Je te dis bien vrai, Denise, si tu t'en vas, tu ne reverras plus jamais ta petite Fanchette, car elle en mourra !....

Et la petite fille se prit à sangloter.

— Voyons, ma chère petite sœur, écoute-moi bien et comprends que ce n'est qu'en vous quittant que je puis aider nos pauvres parents !... Ne sens-tu pas, Fanchette, ce que souffre notre père, pour supporter les charges pesantes sous lesquelles il fléchit chaque jour davantage et qui lui donnent des étouffements qui durent quelquefois trois ou quatre heures dans la nuit?... puis enfin notre pauvre mère qui reprend son courage tous les matins, tu le vois aussi, elle peut à peine marcher !... Ah ! leurs misères me déchirent le cœur ! aussi je veux, quoi qu'il m'en coûte, ô Dieu ! de m'éloigner d'ici, oui je veux, Fanchette, leur venir en aide, et j'ai résolu de me placer pour vous soulager tous !... Sois bien sûre que je penserai à vous toute la journée !... Mais quand je saurai qu'il y a du pain sur la table à l'heure de vos repas, je me sentirai moins triste de n'être plus auprès de vous : J'ai compté sur toi, Fanchette, pour m'aider à partir... Tu m'approuves, n'est-ce pas ? puisque c'est pour vous rendre heureux.... Je vous aime tant ! fit Denise d'une voix pleine de larmes.

Fanchette ouvrait ses grands yeux naïfs pour

considérer sa sœur et pour bien se rendre compte de la sincérité de ses paroles.

— Il ne faut pas t'en aller, Denise !

Non, non, j'ai trop peur de te voir partir ! dit encore la petite fille en recommençant à pleurer.

— Veux-tu que je te dise quelque chose qui te consolera ? Alors écoute moi sans pleurer, sinon je me tairai.

— Notre père a raison, sœur, quand il dit que tu parles comme une savante ! répartit Fanchette, en essuyant ses yeux, on voit que tu sais lire dans tous les beaux livres qui appartenaient à M. le régisseur ; ce bon Monsieur qui est ruiné et qui est cause que nous sommes si pauvres ! car nous n'avons plus de champs, ni de jardin autour de notre maison maintenant !... Autrefois, dans l'étable de nos bestiaux, nous étions plus garantis qu'ici où l'eau tombe de tous côtés !... Ah ! nous sommes bien à plaindre, ma sœur.

— Tu sais bien, Fanchette, que notre mère nous défend de murmurer ; il faut se résigner dans le malheur.

— Oui, Denise, mais notre père dit aussi, lui, que c'est dur d'être dans la misère !

— Voyons ! veux-tu m'écouter, petite sœur, ils

vont arriver bientôt je l'espère, et demain je ne serai plus libre de te raconter.....

— Déjà !... Demain !... dis-tu, sœur... oh ! mais j'écoute... Surtout ne me fais pas pleurer, je t'en prie, car, maintenant, j'ai plus peur d'entendre ce que tu vas me dire que tout à l'heure je n'avais peur du bruit de l'orage qui grondait si fort.

— Eh bien ! Fanchette, dis-moi, te rappelles-tu, reprit Denise, que l'autre jour, tandis que nous ramassions des broussailles auprès des vieux hêtres, nous entendîmes causer les domestiques de la maison jaune, qui s'apitoyaient sur le sort d'une bonne d'enfant qu'on avait renvoyée la veille, parce qu'elle soignait très-mal le petit monsieur, au dire de la maîtresse ?

— Oui... je m'en souviens, répondit Fanchette, et aussi qu'ils se plaignaient de la belle demoiselle que nous avons vue au bourg un dimanche avec son père.

— J'ai pensé, dit Denise, que, puisqu'il n'y avait plus de bonne, je pourrais me proposer à la remplacer pour garder le petit monsieur !

— N'y songe pas, répliqua Fanchette vivement, on ne loue que de grands domestiques chez ces gens-là, ils sont si riches ! disait notre père l'autre matin.

— Et pourtant, Fanchette, Madame m'a acceptée !...

— Tu veux me chagriner, Denise, et voilà tout, car à quel moment aurais-tu parlé à cette dame ?.. Je ne t'ai pas quittée un seul instant !

— Tu ne te souviens donc pas que, ce jour-là même, tu avais un grand mal de tête, et que je t'ai dit de te reposer pendant que j'achèverais nos fagots ?

— C'est juste, remarqua Fanchette en respirant à peine.

— Sitôt que j'ai été hors de ta vue, j'ai pris Joseph sur mes épaules et j'ai couru à toutes jambes jusqu'à la maison jaune ;... j'étais si mouillée de sueur en y arrivant que mes cheveux fumaient !... Mais mon petit frère, dans lequel j'avais mis toute mon espérance, était frais et gai comme toujours, il avait pris ma course pour un jeu et battait ses petits pieds en balbutiant : hue ! hue !... J'ai sonné à une belle porte à grillage doré : je voudrais parler à la maîtresse, ai-je dit en faisant une grande révérence à la personne qui était venue m'ouvrir... oh ! une bien jolie dame !... se promenant avec la jeune demoiselle !

— Que me voulez-vous, mon enfant ? m'a dit en souriant cette belle dame, je suis la personne que vous demandez. Je rougissais et je tremblais... Je n'avais pas prévu que ce serait la maîtresse qui me recevrait en arrivant ! — Rassurez-vous, ma petite, a-t-elle ajouté en voyant mon embarras, je ne suis pas bien terrible, allez ! et je n'inspire de frayeur à personne ordinairement. Ai-je donc l'air méchant? En disant cela elle passait ses doigts blancs, dans les boucles de Joseph — Le bel enfant, disait-elle, quelle jolie chevelure ! comme il a l'air aimable et gracieux, ce petit ! — Oh ! Madame, il l'est autant qu'il vous le paraît. — Eh bien, mon enfant, quoi que vous ayez à me demander, ne craignez rien, parlez. — Madame, ai-je repris d'un ton suppliant, voulez-vous prendre la peine de lire ceci? et je lui ai présenté le certificat de notre maîtresse d'école. — Je ne comprends pas ce que signifie ce papier, ma petite, expliquez-le moi vous-même.

Ah ! Fanchette, comme mon cœur battait en lui disant : — Voici mon petit frère, Madame ; c'est moi qui le soigne depuis qu'il est arrivé chez nous ; je lave et raccommode ses petits effets ; la nuit, quand il ne dort pas, je le berce dans mes bras, et, quand il pleure, je le console à force de caresses !... Ma pauvre mère ne reposerait pas si elle entendait ses pleurs !.. elle qui a tant besoin de dormir après avoir travaillé toute la journée pour aider notre père à nous nourrir... Ah! combien de fois, Madame, s'est elle privée de son nécessaire pour nous donner davantage, à ma petite sœur Fanchette et à moi!... Par pitié pour nos pauvres parents, acceptez-moi, Madame, pour soigner votre enfant..... Je veillerai sur lui comme je l'ai fait pour mon frère; jamais il ne sera triste avec moi, car je saurai le distraire... et s'il avait quelquefois envie de pleurer, je sècherais ses yeux pour ne pas vous en affliger, et vous n'apercevrez jamais que des sourires sur ses petites lèvres!... Je lui apprendrai à tendre ses bras vers vous, comme je l'ai montré à mon frère; enfin, quand il parlera, je vous promets, Madame, que ce sera pour vous dire: maman, je t'aime! Je me taisais, en attendant tout émue la réponse de cette dame qui s'était attendrie en m'écoutant. — Quel âge avez-vous, ma chère enfant? me demanda-t-elle alors d'une voix si douce, que j'ai eu tout de suite confiance qu'elle m'accepterait. — Je n'ose par vous le déclarer, Madame, je crains qu'en le sachant vous refusiez de me prendre à votre service; quel que soit celui où il vous plaira de m'employer, je serai trop heureuse! Je vous parais bien jeune, Madame mais j'ai tant de peine à voir souffrir mes parents que cela m'a rendue bien raisonnable, je vous assure, et je vous servirai en tout avec zèle et probité. — Si je satisfaisais à votre désir, ma chère petite, il faudrait que vos parents y consentissent? — Je vous en conjure, Madame, ne demandez pas cela. Ils savent combien je les aime et, malgré toutes mes prières pour obtenir leur consentement, ils me refuseront, j'en suis sûre, dans la seule crainte que je ne me trouve malheureuse loin d'eux : ils sentiront bien que c'est pour eux que je fais un si dur sacrifice!... En ce moment, Fanchette, songeant que j'allais abandonner mon frère pour soigner un étranger, j'embrassai mon pauvre petit Joseph et je me mis à pleurer sans contrainte. Cette dame me considérait d'un air de bonté qui me faisait du bien. — Comment ferez-vous alors pour les quitter sans les prévenir, me dit-elle, ils seraient en droit de vous forcer à revenir chez eux, et je serais en défaut si je vous acceptais sans leur aveu! — Ne redoutez rien de cela, Madame, ils sont si malheureux qu'ils comprendront le motif de mon départ; ma petite sœur le leur annoncera quand je serai déjà ici, en leur remettant une longue lettre dans laquelle je leur expliquerai que c'est pour les soulager que j'ai agi ainsi, et je leur dirai ensuite que la dame qui me prend chez elle m'a paru si bonne, si bonne! que, sans leur souvenir, je serais bien heureuse de la servir toute ma vie!... Oui, j'emploierai toutes les expressions qui sont dans mon cœur afin de les consoler ou au moins de leur donner un peu de courage, et il faudra bien qu'ils s'y habituent!... D'ailleurs, nous sommes si pauvres que tôt ou tard je ne puis espérer rester toujours auprès d'eux.

— Vous savez donc écrire? a-t-elle repris. — Passablement, Madame; je connais aussi un peu le calcul, et je fais assez bien la lecture tout haut, disait ma maîtresse d'école; puis je travaille à la couture... — Vous êtes habile, à ce que je vois, a-t-elle répliqué en souriant. — Si je dis cela à Madame, ce n'est pas pour me vanter, mais seulement pour l'engager à me prendre. — J'y consens en effet, reprit enfin cette Dame, vous faites désormais partie de mes serviteurs! Quel gage demandez-vous? — Ce que vous voudrez, Madame, vous jugerez vous-même ce que je peux gagner. — Quel est votre nom, mon enfant, et quand entrerez-vous à mon service? . . . .

— Je m'appelle Denise, Madame, et si vous voulez me donner jusqu'à dimanche pour me préparer à quitter mes parents, tandis qu'ils se reposeront dans l'après-midi, comme ils le font ordinairement ce jour-là, j'arriverai tout courant chez vous.

— Et vous ne changerez pas d'avis, Denise?

— Oh! non, Madame, je suis trop heureuse de penser que mon père ne se fatiguera plus autant, et surtout que ma pauvre mère sera forcée de rester à la maison pour soigner mon petit frère Joseph...

— Ce petit pauvre s'appelle Joseph? s'écria la jeune demoiselle avec dedain, c'est très-désagréable pour nous, et j'avais bien raison de me récrier lors du baptême de mon frère, j'aurais tant désiré que mon filleul portât un nom distingué! comme ceux des frères de toutes mes amies de pension!... — En entendant cette belle demoiselle s'exprimer avec tant de fierté et en nous regardant Joseph et moi comme si nous lui déplaisions, je me sentis disposée à pleurer de nouveau.... Mais en regardant le bon visage de sa mère, surtout en me représentant les souffrances de nos parents, j'ai refoulé mes larmes : — oh! Mademoiselle, lui ai-je dit bien humblement, si vous êtes humiliée que mon frère s'appelle comme le vôtre, soyez tranquille, je ne prononcerai jamais son nom devant personne. — « Ma chère Nathalie, lui a dit Madame d'un ton sévère, laisse-moi seule avec cette enfant : » — Puis, lorsque la jeune demoiselle nous eût quittées, elle ajouta :

— Ne faites pas attention à ce que vous a dit Mademoiselle, ma chère Denise, elle est meilleure qu'on ne la jugerait au premier abord, vous le reconnaîtrez plus tard!... Et, me prenant par la main avec bonté, elle y a mis ces quatre grosses pièces que voici en me disant : c'est pour votre bonne mère que vous aimez tant, ma petite Denise!

— Oh! Madame! quelle fille n'aimerait pas sa mère?... surtout quand elle ressemble à la mienne et quand... Je m'arrêtai, dans la crainte de la blesser par le rapprochement qui se présentait à ma pensée.... — Je vous comprends, mon enfant, a-t-elle ajouté en baisant deux fois Joseph sur ses belles joues roses : à dimanche, Denise! Puis elle m'a reconduite elle-même jusqu'à la porte. —

Je me suis remise à courir jusqu'ici, heureuse et triste tout à la fois. Tu dormais bien quand je me suis approchée de ton lit, j'ai posé Joseph à côté de toi, car le pauvre petit tombait de sommeil : puis j'ai été finir nos broussailles que je rapportais au moment où tu t'es réveillée! Voilà comment, petite sœur, tu as ignoré ma course à la maison jaune; je voulais t'en parler, et j'ai attendu, dans la crainte de t'attrister d'avance; mais aujourd'hui, toute la journée, je me suis dit que c'était demain dimanche et que...

— C'est le jour où tu pars, n'est-ce pas? reprit Fanchette en pleurant à chaudes larmes. Oh! non, ne t'en va pas, ma sœur.... Pour moi j'aime mieux périr de faim : pensez-y donc, que ferai-je.... ici.... sans toi,... Denise! je t'en prie, ne nous abandonne pas.... Et Fanchette toute sanglotante s'était jetée au cou de Denise qu'elle étreignait de ses bras maigres et délicats.

— Mais songe donc à nos parents, petite Fanchette, tu resteras avec eux toujours, toi! Quand notre père sera trop fatigué, tu le forceras de demeurer à la maison; tu les soigneras bien, n'est-ce pas? pour qu'ils se guérissent promptement tous les deux.... Moi je gagnerai autant, j'en suis sûre, qu'ils rapportent de leur travail si pénible.... Je serai si obéissante et si dévouée à Madame, à son petit garçon, à tout le monde enfin, qu'on me donnera beaucoup de petites choses que je garderai pour toi et pour Joseph. Je ne me rebuterai à rien pour obtenir la permission de venir de temps en temps auprès de vous! Je ne cesserai pas une minute de penser à vous tous; je serai si heureuse de courir pour arriver plus vite t'apporter ce que tu me demanderas et je te l'achèterai, sitôt que j'aurai de l'argent qui m'appartiendra. Voyons, petite sœur, cherche quelque chose, la première que tu désire, pourvu que ce ne soit pas trop cher, ajouta Denise en embrassant tendrement Fanchette.

— Je voudrais de beaux souliers, Denise, répartit la petite fille un peu consolée. Si tu savais comme les sabots me font mal aux pieds !

Denise soupira.

Tu me rappelles, Fanchette, que les pieds de notre mère étaient encore tout meurtris ce matin, et quoiqu'elle eût lavé ses sabots, j'y ai vu des traces de sang !

Il faudra qu'on rapièce pour la semaine ceux qu'elle porte le dimanche, observa Fanchette, puisqu'elle ne travaillera plus dehors, et tu lui en achèteras de neufs pour aller au bourg. Mais il faudra, Denise, que tu achètes la première paire pour toi qui n'en as pas depuis longtemps.

— Je n'en ai pas besoin, répartit la jeune fille, mes pieds peuvent supporter la fatigue, tandis que les tiens sont si fluets ; tu as toujours été chétive, petite sœur, au lieu que moi je suis forte, cela donne du courage, vois-tu ? — Mais taisons-nous maintenant, Fanchette ; puisque tu connais mes intentions, il ne faut plus du tout nous entretenir de mon départ ; nos parents ne dormiraient pas s'ils comprenaient quelque chose !... Surtout ne pleure pas devant eux !... je t'en supplie !...

— J'entends des pas ! dit Fanchette, en essuyant encore ses yeux.

— Oh ! ce sont bien eux : j'étais si tourmentée !... Quel bonheur !... fit Denise, il ne leur est rien arrivé !...

Et la jeune fille ouvrit la porte avec empressement.

IV

Gilles, appuyé sur un bâton noueux, laissa tomber son fardeau par terre.

Ouf! que je suis fatigué, murmura-t-il, je grelotte de froid, et mes membres sont transis comme en plein hiver!...

Catherine, sans parler, tendit à Fanchette son tablier qui avait servi à les abriter pendant quelques minutes, et qui ruisselait; elle s'avança vers le berceau où Joseph reposait doucement : elle le baisa à plusieurs reprises, puis elle prit sa place devant la cheminée où Denise amoncelait les broussailles et d'où s'élevait un feu vif et clair.

— Chauffez-vous bien tous deux, dit Denise en déchaussant sa mère, dont les pieds gonflés arrachèrent un profond soupir à la pauvre fille; voici vos habits du dimanche, que j'ai tenus assez loin du feu pour qu'ils ne se fânent pas : pendant que vous vous changerez ; je tremperai la soupe que vous mangerez bien chaude et ensuite vous vous reposerez, je ferai sècher tout cela avant de me coucher.

— Heuseusement que c'est demain dimanche, dit Gilles en frottant ses mains au-dessus de la flamme qui pétillait bruyamment : cette journée de relâche me fera du bien, je sens que je n'en puis plus !

— Oui, demain dimanche ! répéta mentalement Denise, il faudra les quitter !... Mais, pensa-t-elle aussitôt, je me dirai pour me consoler que maintenant ils se reposeront tout autant de fois qu'ils se sentiront trop fatigués !

Pendant que Gilles et Catherine mangeaient avidement et que Fanchette semblait en faire autant, pour complaire à sa sœur qui lui faisait adroitement quelques signes, tandis qu'elle entourait la cheminée de la défroque de ses parents.

— Tu ne manges pas, fille, dit Gilles ?

— Je n'ai pas faim, ce soir, mon père, je mangerai mieux demain.

— Tu n'es pas malade, ma Denise, n'est-ce pas ? demanda anxieusement Catherine ?

— Non certes, répondit la pauvre fille en affectant de sourire; est-ce que je le suis jamais moi, ma mère?

Le frugal repas achevé, chacun se coucha en se souhaitant un bon sommeil, selon l'usage habituel à la cabane...

V

La nuit qui précéda ce jour que redoutait tant Denise, s'écoula tout entière sans lui apporter un instant de sommeil; elle se leva sans bruit et sortit avec précaution, afin d'être plus libre d'épancher les larmes qui la suffoquaient; la lune qui brillait dans son disque argenté, au milieu d'un ciel épuré par une pluie abondante, confondait sa mystérieuse clarté avec celle d'un millier de scintillantes étoiles! Ce spectacle imprimait dans l'âme de Denise une tristesse profonde; il lui semblait que son cœur était désormais brisé et sans aucune espérance de ressaisir jamais ces deux liens d'intime affection qui l'avaient unie jusqu'ici à ceux qu'elle quittait; son œil humide poursuivait avec une sorte de consolation les quelques nuages rebelles à l'invitation de l'atmosphère et qui couraient encore çà et là pour s'effacer ensuite complétement.

— Qu'il est beau ce ciel! pensa Denise, et comme la nature est calme! Demain soir, comme tous les autres maintenant, je n'entendrai plus leurs voix avant de m'endormir, et le matin mes yeux ne rencontreront plus que les regards de l'indifférence! Indifférence qui m'enveloppera de tous côtés comme un linceul glacé. Oh! je voudrais que le soleil ne parût jamais!... Ils dorment sans soucis et sans peines dans ce moment, ajouta la pauvre fille en entendant retentir dans la cabane les ronflements sonores de Gilles auxquels se mêlaient par intervalles ceux de Catherine; — Puisse leur bonheur durer toujours!

Se sentant plus calme, Denise rentra doucement. Elle alluma une résine qui pendait à la cheminée et, s'approchant du lit, elle considéra ses parents avec ce regard sublime de l'ange qui abrite de ses ailes protectrices celui qui est confié à sa garde; puis elle se rendit auprès du petit berceau et, joignant ses mains au-dessus de la tête blonde de Joseph, par un geste de suprême invocation! elle effleura légèrement de ses lèvres brûlantes le front à demi incliné de l'enfant : — Pauvre petit, je t'abandonne!... dit elle tout bas, mais c'est pour t'obtenir un peu de bonheur!... et toi, ma sœur chérie, poursuivit-elle en examinant les paupières rougies de Fanchette qui sommeillait péniblement, qu'il me tarde de t'apporter les beaux souliers que tu désires : j'endurerai, sans me plaindre jamais, toutes les humiliations que je pressens de la part de cette fière demoiselle!... je l'aimerai même, pour être agréable à sa mère, qui paraît si bonne!... afin d'avoir pour toi, ma sœur, tant de ces petites bagatelles qu'elle dédaignera et qui te rendront si joyeuse, toi, pauvre petite!... Comme François, j'immole mon cœur au devoir que m'impose la souffrance de nos parents : mais, plus heureuse que toi, frère, je sais que mon sacrifice apportera un continuel soulagement à la misère qui les étreint si douloureusement!... tandis que dans ton dévouement tu n'avais pour toute consolation qu'une fugitive espérance qui s'est cruellement évanouie depuis longtemps déjà!... Ah! si j'étais plus âgée et que je pusse te racheter par mon travail!... Pauvre frère!... Un soupir déchirant exprima l'accablante réponse négative que se fit à elle même la triste Denise!

Les yeux obscurcis par les larmes, la jeune fille fit un mince paquet de ses vêtemens et le cacha avec soin sous sa paillasse, puis elle sépara les effets de chacun, les disposa sur le banc et attendit le jour avec une pénible anxiété!

Quand Gilles et Catherine se réveillèrent, le feu brillait activement sous la chaudière de fonte contenant la soupe de la pauvre famille.

— Déjà levée, fille, dit Gilles en frottant ses paupières encore alourdies, déjà tout habillée!... endimanchée!... tu n'as guère sommeil depuis quelques jours, il me semble?...

— Le petit a peut-être été méchant, reprit Catherine, il fallait me réveiller, Denise?

— Il a été charmant, au contraire, il ne s'est pas réveillé une seule fois.

— On dirait que ce pauvre enfant avait compris que nous étions encore plus fatigués que de coutume!... Donne-le-moi, ma fille.

— Reposez-vous encore un peu, ma mère, il dort si tranquillement.

— Comment va le temps, demanda Gilles?

— Il est magnifique! mon père; tout est sec dehors; le vent qui s'est élevé vers le matin et qui se dissipera au soleil a tari toutes les flaques d'eau faites par l'orage!

Voyez comme le soleil est pur! ajouta la jeune fille en ouvrant la porte.

En effet, un soleil d'or brillait au travers des arbres de la forêt qui resplendissait de verdure et de beauté, les feuilles naissantes secouaient lentement leur rosée sous le continuel frémissement de l'air, qui répandait autour de lui le parfum des plantes aromatiques couvertes de perles humides qui étincelaient ainsi que de purs diamants ; les oiseaux voletaient gaiement et semblaient, oubliant leur effroi de la veille, se réconcilier avec la nature en la saluant d'un harmonieux concert !...

L'aube matinale, qui déployait majestueusement ses splendides magnificences, semblait augmenter, s'il eût été possible, le triste aspect de la misérable cabane !

— Femme, dit Gilles, ce ciel bleu me réjouit : c'est le jour des nouvelles ; peut-être François écrira-t-il qu'il revient enfin !

— Oui, mais surtout promets-moi de ne pas t'affliger s'il en était autrement, répondit Catherine.

— Je ne sais pourquoi, répliqua Gilles, j'ai le cœur plus léger aujourd'hui, c'est bon signe, tu verras !...

— Et moi, pensa Catherine, c'est tout le contraire, j'ai l'âme triste et ma poitrine se serre !... on dirait qu'il va nous arriver encore de plus grands malheurs !... O mon Dieu !... mon Dieu !... c'est-étrange... je voudrais pleurer !...

Elle se leva lentement, et, sans oser regarder autour d'elle, elle s'habilla en silence.

En effet, les nouvelles attendues arrivèrent.

La lettre de François ne donnait, comme les précédentes, qu'un espoir équivoque.

— Ce sera pour un autre jour, dit Catherine résolûment ; il faut tout accepter avec résignation, Gilles, et surtout ne jamais affaiblir notre courage !

Les hôtes de la cabane rentrèrent, la démarche lente et sans échanger un mot durant le trajet. On prit le repas en silence, puis Gilles et Catherine se posèrent sur le lit où ils, cherchèrent le sommeil en s'obstinant à fermer les yeux, comme pour éviter de répondre à une désolante question.

VI

Vers les trois heures de l'après midi, Denise se trouvait à une centaine de pas de la cabane. Là, les yeux humides et l'âme agonisante, elle embrassait Fanchette qui sanglotait, et pressait dans ses bras le petit Joseph qui criait à fendre le cœur! Ce pauvre petit être semblait deviner la cruelle séparation qui lui enlevait une seconde mère :

Longtemps les deux enfants, assis sur l'herbe touffue, tendirent leurs bras vers Denise qui se retourna, autant qu'elle put les apercevoir, adoucissant ainsi leurs déchirants adieux; puis enfin elle disparut entièrement :

Donnez-moi du courage, mon Dieu! dit-elle en poussant un cri d'angoisse!

Les jambes tremblantes, la poitrine oppressée,

elle prit un sentier de traverse qui devait abréger sa route et la faire arriver plus tôt à la maison jaune, s'élevant gracieusement sur le bord d'un joli chemin tracé de jeunes arbres aux pousses vigoureuses, au feuillage abondant et dont la floraison répandait ses arômes pénétrants.

La teinte jaune pâle des murailles de la maison, vers laquelle se dirigeait Denise, lui donnait un air de simplicité coquette; les contrevents en étaient blancs, et à chaque croisée d'élégants stores tombaient ou se relevaient avec grâce atténuant ou sollicitant l'éclat du jour. Au bas d'un gracieux perron à fine balustrade, de fraîches statues se prélassaient, ainsi que quelques jolis groupes placés aux angles d'un grillage richement ornementé où parfois la dorure jetait ses vives étincelles aux rayons du soleil. Ce grillage, d'un travail exquis, contournait deux vastes jardins, offrant chacun des collections variées de fleurs rares et d'arbustes exotiques; au milieu de cette luxuriante végétation s'épanouissaient plusieurs bassins, aux rapides jets d'eau, à la base desquels se jouaient des myriades de poissons aux reflets pourpres et argentés, puis des oiseaux aquatiques au glapissant caquetage; enfin des cygnes aux ailes déployées, comme les blanches voiles d'un navire, glissaient majestueux parmi la foule emplumée qui donnait une constante animation à cette charmante résidence.

Depuis un moment Mme Dumérieux (c'était le nom de la maîtresse de Denise) se promenait avec sa fille en faisant souvent sauter son fils sur ses bras.

— Voici l'heure où Denise doit arriver... Si nous allions à sa rencontre, qu'en penses-tu, Nathalie ?

— Comme il vous plaira, maman, répondit la jeune fille d'un ton sec ; il me semble pourtant que ce n'est pas l'usage, dans le monde, de faire de telles avances à une domestique.

Si tu savais, ma fille, combien tu m'affliges en parlant ainsi !... Je le comprendrais si tu avais un mauvais cœur ; mais non, l'orgueil seul étouffe en toi les nobles sentiments...

Tu crois qu'on peut tout se permettre quand on possède la fortune ?... Tu n'ignores pas, cependant, que M. Dumérieux, ton père, n'était qu'un laboureur, qu'il n'est pas né dans l'opulence, et que ses capacités seules lui ont primitivement acquis un bel emploi dans la maison de mon père, qui lui accorda bientôt toute sa confiance ; et bien lui en prit, car sans l'habileté de M. Dumérieux, il eût été ruiné par suite de sa trop grande bonté!... Aussi un jour il a mis celui qu'il s'était mentalement choisi pour gendre à la tête de ses importantes affaires, et il n'a jamais eu lieu de s'en repentir !

Ton père est l'homme de l'intérieur et du devoir par excellence, il sait rendre heureux tous ceux qui l'entourent, et jamais il n'oublie un instant que son enfance s'est écoulée sinon dans la gêne, du moins dans la plus extrême simplicité!... Ne rougis pas de l'origine de ton père, Nathalie! avant tout il est loyal et honnête, et c'est, selon moi, la qualité la plus noble et la plus précieuse : la pauvreté ne fut jamais une faute auprès des gens sensés. A notre époque, on dissimule un passé qui n'a pas fleuri au centre de la richesse et du luxe, avec autant d'adresse et de soin qu'on en prendrait pour cacher une mauvaise action! Les orgueilleux manquent toujours d'esprit et de jugement; rappelle-toi cela, ma fille!...

— Voilà déjà plusieurs fois, maman, répondit Mlle Dumérieux d'un ton impatient, que vous me rappelez la situation antérieure de papa!... et pourquoi m'en souviendrais-je, puisque maintenant il est si riche?... Mes amies me répètent continuellement que nous possédons plusieurs millions!... Pourquoi enfin ne me parlez-vous jamais de la haute position qu'occupait votre père qui est aussi mon aïeul?

— Parce que, ma fille, je t'ai toujours reconnu un orgueil exagéré!... Je te voudrais plus humble, plus modeste et moins entichée de ta fortune; car enfin, Nathalie, la richesse ne suffit pas pour se présenter avec assurance dans le monde, il faut encore acquérir au moins les premiers éléments d'une certaine instruction, sans quoi, malgré tes grands airs, on se rira de ton ignorance!... Cette répulsion que tu ressens pour l'étude m'inquiète pour ton avenir qu'on a su si habilement ou plutôt si malhabilement te représenter si beau et si brillant. C'est, je te l'avoue très-sincèrement, un des motifs qui me poussent à désirer la présence de cette jeune fille que tu as accueillie avec tant de fierté!... Vous êtes du même âge, et la distance qui vous séparera (puisque tu es la fille de ses maîtres) elle ne l'oubliera pas certainement et se considérera toujours comme ta domestique!... Mais si cette domestique était supérieure à sa maîtresse par l'esprit et l'éducation, tu en serais humiliée, n'est-il pas vrai?... Alors sentirais-tu peut être le prix de l'instruction?... Ta santé fut souvent le prétexte ou l'excuse de ta paresse, l'air de la campagne te remettra complétement, je l'espère, et j'attends une institutrice qui m'est recommandée ! J'assisterai à tes leçons, et surveillerai tes heures d'étude. Afin que Mlle Sylvia n'exagère pas trop ses louanges ou ne t'irrite pas par d'injustes reproches, je la prierai dès le début de ne pas trop te surcharger de travail ; puis, comme je désire me renseigner personnellement sur les capacités de Denise, j'ai l'intention de l'admettre quelquefois à tes leçons et à tes études.

— Je préfèrerais mille fois retourner à ma pension ! répartit violemment mademoiselle Dumérieux suffoquée par l'orgueil, plutôt que d'être confondue avec cette fille !...

— Tu resteras ici, Nathalie ! et nous ne céderons pas à tes caprices. Tu as obtenu de ton père de passer à la campagne toute la belle saison, il y a consenti comme moi : tu accepteras une institutrice pour tout l'été et une compagne de temps en temps !.... Prends garde de te révolter trop ouvertement, car je te préviens qu'en présence de cette pauvre enfant, j'abaisserais ton sot orgueil !.... Souviens-toi, ma fille, que la douceur et la politesse doivent-être mis en usage par ceux qui jouissent de la fortune. Ce que je te propose est uniquement à ton avantage, car, en retour de ta soumission, tu pourras exiger tout ce que tu voudras; tout ce qu'une jeune fille peut rêver de beau, demande-le, et je ne te refuserai rien!.... Réponds à mes espérances, ma fille, rassure le cœur de ta mère qui souffre si souvent à ton occasion.

— Que dira papa de cet arrangement? demanda Nathalie pensive.

— Il m'approuvera, sois-en certaine, car M. Dumérieux se désole comme moi de cette fierté qui ne connaît pas de bornes! Crois-tu donc que nous ne gémissions pas de n'entendre que de dures paroles sortir de ta bouche pour les gens qui te servent?.... au lieu de leur faire oublier par ta politesse ce que tant de disgraciés appellent l'injustice de la nature!.... Tu recevras donc Denise, sans humeur et sans dédain; peut être apprendras-tu avec elle, qui est si remplie de dévouement, comment on respecte ses parents et surtout à aimer un peu plus ton frère!.... Je le crains, le sentiment que tu manifestes pour lui ressemble beaucoup à de l'indifférence, pour ne pas me servir d'une expression qui pourrait te froisser; cette idée, ma fille, poursuivit Mme Dumérieux d'une voix triste, est une véritable affliction pour moi!.... Je me figure que ce cher enfant te gêne, et puisque tu élèves ta fortune au-dessus de tout, et qu'on a dû te d que tu serais encore très-riche quoique ton frère partageât avec toi!.... sache bien, ô ma fille, que notre affection n'a diminué en rien à ton égard depuis que tu n'es plus notre unique enfant!

Nathalie, sans répondre, baissa la tête et essuya à la dérobée une larme qui brillait aux bords de ses longs cils.

— Comme je la fais souffrir! pensa Mme Dumérieux en soupirant, mais je l'aime tant; que je voudrais, au prix de mon propre bonheur, la rendre plus digne de la brillante position qui l'attend!.... Si elle se doutait de ce que l'amour de son père lui réserve.... Pourvu que ce soit pour son véritable bonheur!.... Ah! si l'exemple de Denise pouvait la dompter, je bénirais la présence de cette pauvre fille qui déjà m'inspire tant d'intérêt.... Douce enfant, je ferai aussi ton bonheur, si tu réponds à toutes les espérances que j'ai mises en toi!.... Mon Dieu! ma Nathalie a le cœur excellent, c'est ce qui me console et me rassure!

VII

Quelques minutes après l'entretien précédent entre Mme Dumérieux et sa fille; Denise, la démarche craintive et le cœur ému, faisait son entrée à la maison jaune, où elle fut installée dans une petite pièce attenant à la chambre à coucher de Mme Dumérieux, et séparée de celle de Nathalie par une simple cloison; elle fut aussitôt chargée des soins que réclamait le petit Joseph.

Au bout de quelques jours, Denise s'était attiré déjà toutes les sympathies par sa douceur, ses prévenances et son activité dans le service auquel elle était assujettie.

Mme Dumérieux l'examinait attentivement sur tous les points, et bientôt se convainquit qu'elle n'avait rien qu'à admirer dans la pauvre fille, qui,

4.

remplie de politesse et d'esprit naturel, semblait née pour l'autorité !.... Elle saisissait un désir sur le bord des lèvres, et dispensait souvent de lui traduire la formule d'un ordre !

Le petit Dumérieux n'était jamais si gai qu'en la compagnie de Denise qu'il ne voulait plus quitter ; la jeune fille l'entourait des plus délicieuses attentions, sans qu'on pût jamais remarquer l'ombre d'une bassesse ou d'un calcul.

La conversation de Denise était simple, quoique démontrant un tact parfait et un jugement au-dessus de son âge et de sa condition. Elle était humble et soumise jusque dans son refus de partager la nourriture des serviteurs de la maison jaune.

— Oh ! Madame, répondit-elle modestement aux objections de sa maîtresse à ce sujet, tandis que mes parents vivent toute la semaine avec du pain bis et des pommes de terre, je ne pourrais jamais me nourrir aussi bien qu'on le fait chez vous, donnez-moi la permission de faire ainsi que je le désire.

Et quoi que fît Mme Dumérieux, elle resta inébranlable.

— Je suis encore beaucoup mieux qu'eux ! répétait-elle en soupirant.

Le troisième dimanche qui suivit son installation

à la maison jaune, comme Denise avait obtenu la permission de passer la journée avec ses parents, dès les huit heures du matin, elle serra soigneusement les effets dont sa maîtresse avait formellement exigé qu'elle se revêtît, et endossa ceux qu'elle portait à la cabane les jours de fête.

Mme Dumérieux ayant surpris sa pensée, se leva à dessein aussitôt qu'elle l'entendit partir et, collant son visage au carreau afin de s'en convaincre, elle aperçut en effet Denise ainsi vêtue qui traversait rapidement le jardin anglais.

— Nathalie ! dit Mme Dumérieux en allant auprès de sa fille, viens donc voir quelque chose de très-intéressant !...

Nathalie sortit de son lit en se frottant les yeux, et suivit la direction du regard de sa mère.

— Que dois-je regarder, maman, répondit-elle en bâillant : je ne vois rien.

— Tu n'aperçois pas Denise ?

— Parfaitement... mais...

— Tu ne remarques donc pas son costume ?

— En effet ! répliqua Mlle Dumérieux, quel singulier caprice !... Mais où court-elle ainsi de si bonne heure ?

— Près de ses parents, ma fille ; tu ne saisis pas le motif qui l'a portée à se vêtir de cette manière ?

— Je déclare, maman, que je ne suis nullement à la hauteur des idées de cette petite Denise, observa Nathalie d'un ton persifleur.

— Eh bien ! moi, je l'ai deviné, ma fille, répartit Mme Dumérieux d'une voix pénétrée, car, de même que Denise a refusé de se nourrir comme tous nos serviteurs, qu'elle n'a pas goûté d'une seule friandise, ainsi cette pauvre enfant quitte tout ce qui rappelle le luxe de cette maison, afin de se présenter à sa famille aussi simplement que lorsqu'elle s'en est séparée, dans la crainte, j'en suis sûre, d'inspirer à sa jeune sœur un sentiment d'envie et d'écarter de sa pensée d'inutiles désirs......

Nathalie rougit en se pinçant les lèvres et ne répondit pas.

VIII

Quatre mois se passèrent ainsi, pendant lesquels Denise, conserva l'humble respect dont elle avait tout d'abord entouré ses maîtres.

Ses réponses polies et affables avec les serviteurs la faisaient aimer de tous.

Elle assistait avec Mme Dumérieux aux répétitions que la gouvernante faisait à Nathalie et elle ravissait sa maîtresse, heureuse de trouver dans une si jeune enfant n'ayant reçu qu'une éducation de village, une connaissance supérieure en choses essentielles surtout.

Denise comprenait tout, mais elle dissimulait avec une adresse parfaite la portée de son intelligence. Ayant saisi, tout d'abord, l'apathique indifférence de Mlle Dumérieux pour ses études et craignant de froisser la susceptibilité de son orgueil, dont plusieurs fois déjà elle n'avait pu se prémunir des pénibles effets, mais jamais une parole ne trahit aucune souffrance, dont elle sentait pourtant sa maîtresse toute disposée à la soustraire.

Mme Dumérieux, heureuse de la présence de Denise, espérait chaque jour que sa fille se révolterait intérieurement de son infériorité auprès de son obscure compagne, et finirait par combler les désirs de son amour-propre maternel en domptant sa paresse!

Quant à la gouvernante, elle sut adroitement s'emparer de l'esprit de son élève, dont elle remarqua avec une inexprimable satisfaction la nonchalance et la jalousie!

Mlle Sylvia possédait une nature vile et rampante; aussi l'affection démesurément aveugle qui portait le banquier à ne jamais contrarier sa fille, lui inspira-t-elle l'idée de se créer une position stable dans la famille Dumérieux, qui lui assurerait encore de longues années de bien-être : ce qu'elle rêvait depuis longtemps, c'était une autorité, sans bornes, qu'elle ne craignit pas d'acheter au prix des plus basses flatteries!... Lorsqu'elle causait de son élève avec le banquier qui souriait de plaisir, elle exaltait les grâces de sa charmante figure et faisait passer l'indolence de la jeune fille sur le compte d'une santé un peu languissante, ce qui soudain alarmait le père trop crédule. Devant Mme Dumérieux, dont elle avait conquis toute l'estime par un assaut d'expressions sympathiques et dévouées, elle était d'une sage prévoyance auprès de Nathalie qu'elle entourait de sollicitude. Mais seule avec son élève, elle commença à s'emparer adroitement de sa jeune imagination et développa ses mauvais instincts : ainsi, dans les instants de douce intimité, elle ne cessa de la représenter comme une victime de l'autorité de sa mère, et finit par la convaincre qu'elle était très-malheureuse avec elle.

Mlle Sylvia se réjouissait intérieurement à chaque apparition furtive des larmes de Nathalie, qui échappaient cependant au regard affectueux de Mme Dumérieux.

La gouvernante espérait que l'ignorance même de son élève lui assurerait ce repos lucratif qu'elle ambitionnait si ardemment.

Néanmoins la présence de Denise, qui pouvait un jour remplir honorablement les fonctions qu'elle tenait à conserver, lui faisait une ombre désagréable sur le miroir où elle avait cru voir sa destinée présente et future indéfiniment entourée des plus brillantes illusions!... Aussi chercha-t-elle les moyens ténébreux, mais sûrs, qui pouvaient évincer Denise d'une maison où elle était aussi antipathique à son élève que gênante pour l'accomplissement de ses projets.

Un matin que Denise, assise sur un banc de gazon, tenait le petit Dumérieux sur ses genoux et le faisait sauter, ce qui provoquait les rires argentins de l'enfant, et renouvelait pour la pauvre fille la même expression de gaieté qu'avait montrée son jeune frère au prélude d'un événement qui avait été l'occasion de son pénible sacrifice : souvenir incessant, car pas une heure du jour n'écartait de l'esprit de Denise la pensée de ses parents.

Plongée dans ces douces rêveries, elle ne s'aperçut pas que Sylvia, en passant près d'elle avec Mlle Dumérieux, avait déposé sournoisement, entre les mains du petit garçon, une longue épingle dorée.

Toutes deux s'écartèrent et s'assirent à quelques pas dans un petit kiosque élevé à l'intention de Nathalie par son père!

La conversation suivante s'établit entre la gouvernante et son élève :

— Oh! comme votre frère paraît content, dit Sylvia, il rit de toutes ses forces, regardez-le donc, Mademoiselle.

Nathalie soupira sans répondre.

— Il est si gâté de tout le monde qu'on ne sait qu'imaginer pour le distraire, continua Sylvia; il est si aimable et si gentil, qu'on ne peut s'empêcher de l'aimer; aussi Madame vante-t-elle continuellement l'intelligence et l'esprit précoce de son fils, d'autant plus qu'il lui ressemble d'une manière étonnante.

— C'est comme papa, dit Nathalie, depuis quelque temps il raffole de ce petit;... autrefois toutes ses caresses étaient pour moi....

— Pour cela, c'est Denise qui l'y force, elle rappelle sans cesse ses gracieuses espiègleries, et lui apprend mille singeries pour amuser Monsieur, remarquez quel empressement elle met à lui porter Joseph, afin qu'il l'embrasse avant toute chose; elle se fait bien regarder du maître à présent qu'elle est bien convaincue de l'intérêt de sa maîtresse;... elle est très-habile et excessivement rusée,... elle sait tout se concilier... car, ne croyez pas, ma chère Demoiselle, que la reconnaissance soit le premier mobile de cette hypocrite soumission qu'elle montre à l'égard de votre mère... Elle calcule admirablement toutes ses actions... et elle sait avec une adresse infinie dissimuler tous ses défauts... Monsieur ne la voit pas encore avec des yeux aussi favorables que Madame, mais avec le temps cela viendra !... J'en suis certaine, on ne pourra plus se passer de ses services, poursuivit Sylvia en examinant le visage de Nathalie qui rougissait et pâlissait alternativement.

— J'en suis un peu cause, reprit la jeune fille, heureuse de se persuader elle-même de l'affection exclusive de son père; s'il l'aime moins que maman, c'est qu'il sait que je suis irritée de l'empiétement de cette petite paysanne, et que les louanges que maman se retient vainement de lui faire devant moi, je les devine, et cela me blesse extraordinairement.

— Pourquoi vous rendriez-vous esclave et souffririez-vous à force de travailler, répliqua Sylvia ; je vous approuve de n'en rien faire, car, en vérité, dans votre position et avec votre fortune, ce serait ridicule de vous fatiguer ainsi !... Combien y a-t-il de jeunes filles riches qui n'ont une institutrice que par genre seulement — ou comme distraction ; elles s'amusent à dessiner une bagatelle, ou à promener quelques minutes leurs mains sur le clavier, afin de ne pas perdre l'agilité des doigts... et comme dans le monde il faut pouvoir rendre compte d'un morceau de musique à la mode, on en sait toujours assez pour en parler ; d'ailleurs l'institutrice est là qui met adroitement en jeu la timidité de son élève tout en vantant sa facilité, que vous possèderiez, au reste, si votre mère n'avait pas trop de sévérité à votre égard; elle seule anéantit vos rares facultés intellectuelles; vous êtes toute tremblante à son approche, et vos lèvres restent muettes aux accents de cette parole si dure qui vous donne le frisson de la peur!... Croyez-vous que je ne devine pas toutes vos impressions, et doutez-vous que je puisse m'attrister à votre sujet?

— Vous avez pourtant raison, Mademoiselle, c'est maman qui m'empêche d'apprendre aussi facilement que je le désirerais moi-même ;... Elle est trop exigeante pour moi..... et cela depuis qu'elle a mon frère!... pourtant je crois que c'est encore pire depuis que Denise est avec nous; aussi voudrais-je rentrer à ma pension; là je travaillerais davantage et je serais plus gaie qu'ici!... Je pleure en cachette si souvent que j'éprouve des maux de tête et d'estomac beaucoup plus fréquents qu'autrefois;.. l'air de la campagne ne favorise pas ma santé du tout, du tout!... Ensuite je ne peux pas supporter la vue de cette Denise, je crains qu'elle ne prenne ma place dans le cœur de maman; quant à mon frère, on l'aime de plus en plus!... ajouta

Nathalie en versant d'abondantes larmes. Oh ! que je suis malheureuse!...

— Chère Mademoiselle Nathalie, reprit l'insinuante Sylvia, il ne faut pas vous attrister comme cela, je vous aime trop sincèrement pour ne pas essayer de vous rendre l'affection de votre mère, et soyez sûre que je réussirai.

— Si vous disiez vrai, Mademoiselle, répartit Nathalie en se suspendant au cou de la gouvernante, je ne l'oublierais de ma vie, car quoi, qu'il m'arrive, je ne me séparerais plus de vous et je vous manifesterais ma reconnaissance en tout ce qui vous serait agréable!

— Laissez-moi agir ; surtout n'entravez en rien mes démarches, quand même vous ne les comprendriez pas, ou que vous pensiez autrement que moi!

— Je vous approuve d'avance, Mademoiselle Sylvia, et je m'abandonne entièrement à votre dévouement pour moi.

— Je veux d'abord démasquer l'hypocrisie de Denise...

— Mais... ce sera de bonne foi que vous vous emploierez ?... observa Nathalie, car, quoique je ne l'aime pas, je n'accepterais jamais vos services si vous vouliez inventer quoi que ce soit pour lui faire du tort auprès de maman ; il faut être juste avant tout !...

et, je vous l'avouerai, je la juge moins mal que vous.

— Cela vient de votre bon cœur, ma chère demoiselle ; vous verrez que je suis un peu plus clairvoyante que vous ne le croyez... promettez-moi seulement le secret dans tous les cas possibles et ne prenez pas trop vite son parti : sachez qu'elle ne prend pas le vôtre, bien au contraire...

— Alors je serai aussi muette que la rose qui couronne le kiosque dans lequel nous sommes, répondit Nathalie soucieuse... Vous êtes sûre, reprit-elle après un silence que Denise cherche à me nuire auprès de maman ?

— Je ne tarderai pas à vous le prouver.

— Eh bien ! alors, faites ce que vous jugerez à propos, Mademoiselle, je n'aurai pas de pitié pour elle, surtout si c'est bien la vérité !

— Très-bien fit Sylvia, et maintenant pour que votre maman soit contente de vous, lisez attentivement ce morceau de littérature, retenez-en quelques passages et je suppléerai au reste... Pour ne pas vous distraire je vais me promener un peu.

Sylvia fit quelques pas, puis, quand elle vit les yeux de Nathalie fixés sur le livre, elle parut courir avec empressement vers Denise dont elle avait, à la dérobée, suivi toutes les impressions intimes.

— Quelle étourdie vous faites, mon enfant, lui

dit-elle d'une voix inquiète, vous ne voyez donc pas que M. Joseph peut se blesser avec ce qu'il tient à la main ?

— C'est juste, Mademoiselle ! Oh ! que je vous remercie !... répondit Denise en s'emparant avec douceur de l'épingle que le petit Dumérieux portait à sa bouche et qui, ainsi dépossédé de son brillant joujou, se mit à crier.

— Mais, fit Sylvia étonnée, cette épingle m'appartient, où l'a-t-il prise ce petit espiègle?

— Je l'ignore comme vous, Mademoiselle, répondit naïvement la pauvre fille, je ne l'avais pas encore aperçue et, tout en consolant le petit Joseph, elle avança la main pour rendre l'épingle à la gouvernante.

Ce n'est pas que je la réclame, reprit négligemment Sylvia, elle n'a pas une grande valeur, et si elle vous plaît, je vous la donne, Denise, pourvu que vous ne la montriez plus au petit.

— Merci, Mademoiselle, je ne porte pas de bijoux.

— Vous la donnerez à votre sœur, qui sera contente, j'en suis sûre !...

— Ma sœur ne possèdera jamais, sans doute, de si belles choses, ce serait vous en priver inutilement, car elle ne la portera pas non plus.

— Comme il vous plaira, répliqua Sylvia d'un ton sec : vous êtes peu gracieuse en tout cas ; je croyais vous être agréable en m'étant permis de vous donner un avis ; ensuite vous ignorez si votre sœur n'accepterait pas avec plaisir ce petit bijou ; vous lui auriez offert de ma part et elle le conserverait comme un souvenir, si elle ne le portait pas !... Je comprends que quand c'est Madame qui vous donne, vous préférez cela.... car si c'était elle qui....

— Oh ! Mademoiselle, répliqua vivement Denise, je ne croyais pas vous contrarier par une réflexion qu'il me semble que j'aurais faite pour une chose semblable à ma maîtesse elle-même !... mais si vous pensez autrement, permettez-moi alors de l'accepter et oubliez mon refus.

— A la bonne heure, dit Sylvia d'un air enjoué, je conviens que vous savez parfaitement atténuer une impolitesse !

Denise soupira en pensant que peut-être Sylvia avait raison de dire que sa sœur recevrait ce bijou avec plaisir et qu'il pourrait lui susciter d'autres désirs qu'elle ne pourrait satisfaire ; toutefois, comme elle rentrait peu après pour assister aux heures d'étude présidées par Mme Dumérieux, Denise serra précieusement l'épingle au fond du tiroir d'une jolie petite table qui servait à son usage particulier.

La gouvernante, sous prétexte de chercher un livre égaré, l'avait suivie pour se renseigner au sujet du dépôt de ce bijou.

IX

Les beaux jours d'été s'écoulaient peu à peu, L'automne s'avançait, en faisant pressentir aux habitants de la maison jaune qu'il faudrait bientôt songer à l'abandonner, pour quelques temps au moins.

M. Dumérieux, complétement imbu de ses opérations financières, venait régulièrement le samedi de chaque semaine pour repartir le lundi, avec une impatience que ne partageaient pas toujours ses administrés.

Denise se sentait triste chaque fois qu'il était question de retourner à la ville, cette idée de départ faisait cruellement saigner son cœur. Il lui fallait, pour se résigner, qu'elle se représentât sans cesse l'aisance qu'elle avait rendue à la chau-

5.

mière, le visage épanoui de Gilles qui reprenait une mine de bonne santé, la facilité avec laquelle Catherine chaussait de beaux souliers qui reluisaient au soleil, la tournure de Fanchette se dandinant à plaisir avec ses habits neufs, et Joseph vêtu des pieds à la tête de la défroque du petit Dumérieux.

Tous les matins, la pauvre fille se rendait à la cabane par la pensée, afin d'assister à chaque lever : elle voyait la table de bois blanc couverte d'une toile bien propre et, tout autour, des assiettes remplies jusqu'aux bords de soupe appétissante.

On n'y pleurait plus, car l'Ange de l'Espérance prenait aussi sa place à table et servait lui-même chacun des convives. A la suite de ces gais pensers, Denise soupirait, car ils ne faisaient que précéder ceux qui rappelaient l'éloignement, elle ne verrait plus se balancer mollement les grands arbres de la forêt qui avoisinaient la maison jaune, en même temps qu'ils abritaient la pauvre chaumière ; elle n'irait plus, au moins une fois chaque mois, auprès de ceux qui lui avaient inspiré le sublime sacrifice de ses joies de tous les instants.

L'heure suprême de ces pénibles adieux ne tarderait pas à sonner.... Déjà on en parlait vaguement... Il fallait continuer de sourire, quoiqu cette nouvelle séparation lui apparût plus douloureuse encore que la première.

Toute à ces amères impressions, Denise se tenait assise un samedi soir près du berceau du petit Dumérieux qui depuis longtemps était endormi, quand elle vit tout-à-coup entrer sa maîtresse.

— Pas encore au lit, chère enfant, dit Mme Dumérieux à la jeune fille qui s'avançait respectueusement vers elle.

— Pardonnez-moi, Madame, si je suis en retard pour remplir vos ordres, je pensais avec peine à ce départ dont on s'est entretenu aujourd'hui à l'office.

— Je comprends si bien votre chagrin, Denise, que, malgré que j'aie le désir de vous emmener, je suis ici pour m'entretenir avec vous à ce sujet. Si notre estime et mon affection étaient insuffisantes à votre tranquillité, vous êtes libre, mon enfant, de rétracter cette promesse que vous m'avez faite. Vous avez encore huit jours pour y réfléchir; il y aurait trop d'égoïsme de ma part à contraindre votre cœur, et même, Denise, je vous assure que, quoi que vous décidiez, vos parents ne tomberont plus dans la gêne où ils ont été.

— Oh! Madame, s'écria impétueusement la jeune fille, je vous assure que de songer à vous quitter serait encore pour moi un douloureux sacrifice, vous, si remplie de bonté et d'indulgence pour la pauvre Denise; aussi son obéissance, son respect et ses plus humbles sentiments vous appartiennent à jamais, et ne vous offensez pas, ma bonne maîtresse, si je vous avoue que la privation de M. Joseph, dont le sourire me rappelle celui de mon frère, me serait aujourd'hui presqu'aussi sensible que celle du cher petit de la cabane; je sais que, devant vous qui m'interrogez, je puis épancher mes souffrances, puisque vous les avez comprises, et vous ne m'en voudrez pas de ne pouvoir me détacher un seul instant de ceux que j'aimais seuls avant d'avoir le bonheur de vous connaître, ajouta Denise suffoquée par les larmes.

Mme Dumérieux, profondément attendrie, ne trouva pas une parole de réplique, et, baisant avec tendresse la jeune fille au front, elle se retira tout émue dans sa chambre.

Elle ne dormit pas de la nuit; un malaise qu'elle attribua aux impressions que lui avait occasionnées son entretien avec Denise, l'empêcha de reposer.

Quant à la jeune fille, elle se jeta sur son lit et, pendant les quelques heures qui la séparaient du dimanche où elle allait se réunir pour la dernière fois avant son départ avec ses chers parents, elle pesa les termes qui devaient annoncer leur séparation prochaine; elle devinait à l'avance l'affliction dont ils seraient saisis et le douloureux silence qu'ils imposeraient à leurs lèvres, aux dépens de leurs cœurs toujours si affectueux; aussi se résignait-elle à sourire pour les engager à accepter courageusement cette nouvelle absence, et de la regarder comme une nécessité de la tâche que chaque être doit remplir ici-bas sans murmure.

Le jour se leva splendide; le soleil, prodigue de ses rayons étincelants, dorait la cime des arbres balancés doucement par la brise, et le gazouillement des oiseaux remplissait l'air d'une suave harmonie, lorsque Denise, habillée dès l'aube, se disposait à partir, quand l'idée lui vint que l'épingle destinée à Fanchette serait un remède administré à propos pour tarir les larmes de sa sœur, dont elle redoutait la violence comme étant la moins raisonnable.

Elle ouvrit en conséquence le tiroir où elle avait déposé le bijou qui lui parut étinceler d'un éclat particulier; mais, sans s'arrêter à cette remarque, elle en assujettit le fichu de mousseline blanche qui couvrait son cou, posa sur sa tête le modeste bonnet qu'elle portait à chaque visite qu'elle faisait à la cabane et qui complétait l'ensemble de son humble toilette; elle le noua sous son menton en dissimulant de son mieux l'épingle, pour la soustraire d'abord aux regards de l'envieuse Fanchette et ne la lui présenter qu'au redoutable moment de l'adieu.

Ceci fait, elle baisa respectueusement le petit Dumérieux et le remit entre les mains de Mlle Sylvia qui venait le chercher.

— Bon voyage, Denise, dit la gouvernante d'un ton doucereux en tendant de nouveau l'enfant à baiser à la pauvre fille émue et glissant adroitement deux pièces d'or dans sa poche, nous ne vous quitterons pas ainsi et nous vous conduirons un peu, votre petit ami et moi....

— C'est trop de bonté de votre part, Mademoiselle, fit Denise confuse de cette amabilité inaccoutumée de la gouvernante, qui la suivait en effet en souriant.

— Venez-vous avec nous, Mademoiselle? dit-elle à Nathalie, qui restait immobile sur l'élégant perron en cherchant à comprendre le but de l'étrange sollicitude de sa gouvernante pour Denise. Ne recevant pas de réponse de son élève, elle saisit son bras qu'elle posa sous le sien et l'entraîna assez familièrement! Toutes deux marchèrent quelques minutes en silence à la suite de Denise qui, l'esprit inquiet, n'osait prononcer une syllabe, cherchant en elle-même le secret motif qui faisait agir l'astucieuse gouvernante, dont la singulière déférence pour elle l'éloignait au lieu de l'attirer.

— Où allez-vous donc comme cela de si grand matin? demanda M. Dumérieux qui, à quelques pas de la grille principale, se tenait incliné et fouillait d'un regard inquisiteur les bordures un peu clair-semées de plusieurs plates-bandes.

— Et vous-même, papa, pourquoi êtes-vous déjà levé? répliqua Nathalie d'un air surpris.

— Ne m'en parle pas, ma fille, j'ai passé la nuit à chercher dans ma chambre, sans aucun résultat, et depuis qu'il fait jour je suis ici sans plus de chance....

J'ai dû perdre hier en rentrant, puisque je l'avais rattachée, j'en suis sûr, dans ce même endroit, une épingle que m'a donné ta mère, le jour de ta naissance, je la regrette doublement.... Anaïs est capable d'en pleurer, parce que cette épingle avait appartenu à sa mère.... Ah! je donnerais à l'instant une bonne somme, pour qu'elle ignorât toujours cette perte.

— Vraiment, Monsieur, dit la gouvernante d'un ton plaisant, que serait-ce donc si vous la retrouviez?...

— J'en sauterais de joie, répartit le banquier.

— Si c'était, par hasard, celle que porte Denise, observa la gouvernante en écartant l'attache du bonnet de la pauvre fille, vous n'auriez que la peine de la reprendre.

Denise devint si pâle que Dumérieux se mit à la considérer : son œil, d'abord inquiet et interrogateur, s'irrita aussitôt.

— Ah ! dit-il en arrachant avec la brusquerie qui lui était ordinaire l'épingle qu'il avait reconnue. Est-ce ici, petite voleuse, que vous avez fait votre apprentissage ?

A cette injurieuse apostrophe, Denise voulut se récrier, mais sa poitrine se gonfla à tel point qu'elle étouffa les accents de sa voix !... Elle se prit alors à pleurer si abondamment qu'elle fut obligée d'avoir recours à son mouchoir pour essuyer son visage inondé de larmes ! A ce moment, pour corroborer l'action qui devait la rendre solidaire d'un second vol, deux pièces d'or roulèrent à ses pieds en rendant un son métallique.

— Où avez-vous pris cela ? fit encore le banquier d'une voix terrible et pleine de menaces.

— Perdue ! mon Dieu !... Je suis perdue.... s'écria Denise en se couvrant les yeux de son mouchoir et courbant la tête sous la pensée de la culpabilité dont on allait la frapper.

— Reprenez ce qui vous appartient, Mademoiselle, dit Sylvia à Nathalie, je reconnais les pièces étrangères que Monsieur votre père vous a données il y a quelques jours !

— Sortez de chez moi, indigne créature, répartit le banquier d'un ton furieux, si je ne craignais pas un esclandre qui contrarierait Madame, je vous mettrais sans pitié et de suite encore entre les mains de la maréchaussée comme voleuse, mais je vous chasse et gardez-vous de jamais reparaître devant mes yeux, autrement je ne répondrais pas de ma colère. Voler ma fille!... car tu ne lui as pas donné ces pièces que tu désirais, n'est-ce pas, ma Nathalie? continua M. Dumérieux rouge d'indignation.... Pourquoi ne dis-tu rien, ma fille ?

— C'est parce que Mademoiselle Dumérieux ne veut pas accabler cette fille, reprit la gouvernante, elle a plus de générosité que ne lui en suppose Madame.

— Vous avez raison, Mademoiselle Sylvia, de prendre le parti de ma fille ; mais Madame Dumérieux était sincèrement aveuglée sur le compte de cette voleuse ; aussi, dorénavant, qu'elle prône ses qualités, je saurai lui répondre en lui déclarant qu'à l'avenir je ne supporterai plus dans notre maison des troubles-ménage comme cette fille-là !... Tu n'auras plus de migraines, toi, ma Nathalie, je l'espère, et tes maux d'estomac seront guéris, tu respireras plus à ton aise; étant débarrassée de ce cauchemar qui t'étouffait ! Rien désormais n'affaiblira ton bnheur, fit le banquier en embrassant Nathalie avec une sorte de transport. Va-t-en, hypocrite, dit-il en repoussant Denise qui se tordait à ses pieds.

— Monsieur ! oh !... Monsieur !... disait-elle d'une voix entrecoupée par les sanglots, Mais.... je.... suis.... innocente !

— Ah ! vous avez encore l'audace de mentir !... Est-ce que je vous écoute, je me soucie bien de vos larmes et de vos protestations !.... Il fallait garder la probité !... Partez !.... je vous l'ordonne ou je vous brise d'un seul coup !...

Et il fit un geste menaçant.

Sylvia, effrayée à l'excès de colère du banquier, s'interposa entre lui et Denise.

— Éloignez-vous, Monsieur, je vous en supplie, vous serez malade de cette agitation... Je me charge de renvoyer cette fille !

— Surtout qu'on ne me parle plus d'elle, oh ! non, car je ne reviendrai jamais sur son compte !...

Le banquier prit la main de sa fille qui, pâle comme une des statues placée non loin d'elle, jetait des regards épouvantés sur la gouvernante et frissonnait malgré elle en appréhendant de trop comprendre !... Elle tomba toute tremblante sur un banc au moment où un domestique s'avançait vers Dumérieux en disant :

Madame est un peu souffrante et elle prie Monsieur de se rendre près d'elle.

— Je reviens tout à l'heure, ma fille, fit Dumérieux, attends-moi.... et tâche de te remettre de cette émotion !

Il s'éloigna vivement en murmurant :

— Anaïs est incompréhensible avec ses sympathies..... aussi voilà un véritable motif de reconquérir mon privilége d'être clairvoyant autant qu'elle !..... Mais elle est si idéale, ma femme.... qu'elle en est parfois ridicule... Parlez-moi de Nathalie, c'est une Dumérieux pur sang... Elle est déjà positive !...

Le banquier, oubliant presque Denise, franchit les quelques degrés qui conduisaient à l'appartement de sa femme, puis il ajouta mentalement : que va-t-elle dire ?... Oh ! je suis sûr qu'elle m'approuvera.

Restée seule avec Denise qui était toujours agenouillée et sanglotait, Sylvia voulut la forcer à se relever.

— Oh! Mademoiselle, disait la pauvre fille, je ne comprends rien à tout ceci, sinon que mon sort est entre vos mains, car vous seule pouvez me justifier!... Ne fût-ce que par pitié!... je vous en conjure, parlez en ma faveur!... Oh! je vous pardonnerai de tout mon cœur.... et même je vous remercierai à deux genoux.

— Vous êtes trop rusée, mon enfant, répliqua Sylvia, c'est à vous qu'on a quelque chose à pardonner, ce n'est plus l'heure des flatteries, surtout avec moi... Je vous plains, mais je ne puis rien faire pour vous!.... Retournez auprès de vos parents que vous n'auriez jamais dû quitter, redevenez honnête et rien ne transpirera de votre conduite; c'est tout ce que je peux vous promettre!

— Mais il est impossible, répartit Denise outrée, qu'à moi-même vous osiez me dire que je suis coupable!... vous savez mieux que moi que....

— Puisque vous vous obstinez à ne rien avouer, poursuivit Sylvia en l'interrompant brusquement, car Mlle Dumérieux s'approchait et elle craignait un entretien qui pouvait devenir dangereux à son endroit, obéissez à votre maître, dit-elle à Denise d'un ton d'autorité, sortez d'ici; et elle poussa la pauvre fille avec violence jusqu'à la grille, qu'elle ouvrit promptement et referma aussitôt.

L'élève et la gouvernante étaient enfin seules vis-à-vis l'une de l'autre !

Denise semblait foudroyée !

X

Il n'est sorte d'horreurs que cette malheureuse n'ait débitées contre M. votre père, et surtout contre vous, Mademoiselle !... Qu'en pensez-vous maintenant, ajouta Sylvia d'une voix courroucée ?..

— Je ne sais, répondit Nathalie tremblante... j'ai de la peine à croire Denise aussi coupable que vous le supposez.

— Ces pièces sont-elles réellement à vous ? demanda la gouvernante d'un ton dégagé, et l'épingle appartenait-elle à Monsieur votre père ?...

— Sans doute, fit Nathalie en hésitant..... Mais.... Si....

— Après tout, continua la gouvernante, si vous croyez que j'ai eu tort de démasquer l'hypocrisie de cette fille, il ne fallait pas paraître si malheureuse de l'avoir auprès de vous; que m'importe qu'elle soit ici, ce n'est pas le cœur de ma mère qu'elle cherchait à usurper, et je ne souffrais que pour vous lorsqu'on vantait sa facilité, son esprit et son instruction, en vous traitant en sa présence de paresseuse et d'ignorante !...

Nathalie, froissée dans son amour-propre et blessée jusqu'au fond du cœur, ne répliqua rien : elle s'éloigna de Sylvia qui s'était emparée d'un livre et paraissait suivre avec intérêt une lecture déjà commencée.

La malicieuse gouvernante surveillait sournoisement les démarches de son élève, qui se promena pendant quelques minutes le long de la grille, pour observer à l'extérieur Denise qu'elle apercevait assise sur un petit tertre à une centaine de pas de la route ; ses mains convulsivement jointes s'élevaient vers le ciel et la faisaient ressembler à une image du désespoir !

Ah ! se dit amèrement Nathalie, je sens des remords de garder ainsi le silence. Denise, j'en suis sûre, ne peut être si coupable.... et.... et.... je veux au moins la consoler !

Nathalie courut rapidement vers une petite porte qui s'ouvrait dans la grille même et s'avança vers Denise sans prendre garde aux cris d'alarme que l'on poussait non loin d'elle, et sans entendre des bruits de pas qui se répétaient de tous côtés ; mais une vive exclamation jetée par Denise la cloua immobile à sa place !... La pauvre enfant lui faisait signe de rentrer, en courant elle-même à la rencontre d'un jeune taureau dont les yeux étincelaient de fureur, à l'aspect du ruban rouge que Nathalie portait à son cou.

Denise avait compris tout le danger que courait Mlle Dumérieux et elle s'était subitement débarrassée de son tablier pour le lancer sur la tête du quadrupède dans le but de neutraliser sa première attaque, mais l'animal furieux ne tarda pas à se délivrer de ce faible obstacle et fondit tête base sur Denise qui faisait à Nathalie un rempart de son corps ; il la souleva à plusieurs reprises, la secoua et la lança rudement au fond du fossé rempli d'eau qui entourait la grille extérieure de la maison jaune, puis il se disposait à se ruer ensuite sur Mlle Dumérieux qui, au faible gémissement poussé par Denise lorsqu'elle disparut à ses yeux épouvantés, était tombée évanouie sur le sol !...

En ce moment arrivaient tout haletants le garçon de ferme et plusieurs métayers munis de pelles et de pioches ; tous tombèrent à coups redoublés sur le terrible animal, qui tourna sa fureur contre les assaillants en aspirant bruyamment par ses naseaux couverts d'une écume rougie par le sang de Denise qu'il avait horriblement blessé avec ses cornes.

Ce tumulte, ces cris déchirants attirèrent sur le lieu de cette scène douloureuse, Mme Dumérieux qui, ayant appris ce qui s'était passé avec Denise, venait, malgré sa subite indisposition et en dépit de la colère de son mari, se renseigner personnellement auprès de la pauvre fille.... En voyant Nathalie pâle et inanimée, Mme Dumérieux ne songea plus qu'à sa fille et, se précipitant sur elle, lui prodigua d'innombrables caresses; elle espérait ainsi la rappeler à la vie sous l'action puissante de son amour maternel!... Près d'elle, le banquier essoufflé tordait son épaisse chevelure en poussant des cris d'angoisse et de désespoir!...

— Ma fille est morte!! morte!!!. s'écriait-il...

— Vite, vite un médecin. Ludovic! notre fille respire encore! ajouta la pauvre mère.

Nathalie ouvrit les yeux et, désignant le fossé dans lequel Denise avait été précipitée :

— Là!... dit-elle.., là!... et elle retomba affaissée....

Madame Dumérieux comprit la pensée de sa fille, et, cherchant du regard, elle aperçut quelques lambeaux flottants des vêtements de Denise, puis bientôt elle-même à demi-nue, les cheveux épars, la tête ensanglantée et sans mouvements, reparut sur l'herbe au versant du fossé.

— Des matelas ! cria Mme Dumérieux aux serviteurs assemblés, qui restaient ébahis et sans voix, vite, mes enfants, des matelas !...

Peu après on transportait doucement Nathalie qui avait repris ses sens et Denise qui paraissait sans vie !...

Le médecin arriva bientôt... il répondit au banquier de la vie de Nathalie.

— Ne quittez pas ma fille, docteur, répétait Dumérieux, car si elle mourait je la suivrais de près !... Ma Nathalie !... ma fille chérie !...

— Rassurez-vous, Monsieur, reprit le praticien, un repos absolu de quelques jours, plus une potion qui calmera les spasmes qu'a suscités une trop grande frayeur, et nous obtiendrons, j'en suis sûr, un prompt et heureux résultat.

Le docteur écrivit rapidement une courte formule.

— Cours à la ville, dit Dumérieux à un serviteur, crève un cheval, s'il le faut, mais dans une demi heure sois ici !...

— Ah ! Monsieur ! C'est impossible.... Ça ne se

pourrait pas à la course de trois chevaux l'un au bout de l'autre.

— Pas de réplique! dit le banquier en arpentant la chambre... il s'agit de la santé de ma fille!... Si tu tiens à rester chez moi, tu n'as qu'à m'obéir...

— Allez aussi vite que possible, je vous en prie, dit tout bas Mme Dumérieux au domestique, mais ne tuez ni vous ni le cheval; Monsieur est si tourmenté de l'état de sa fille qu'il ne sait en ce moment ce qu'il exige de vous.

Le domestique ainsi rassuré monta à cheval et partit de tout l'élan de son vigoureux coursier qui, les flancs pressés par son cavalier, dévora l'espace qui les séparait de la ville la plus rapprochée!

Tandis que le docteur, assisté de Dumérieux, s'occupait de Nathalie qui s'exprimait avec facilité, Mme Dumérieux se rendit auprès de Denise, à laquelle elle prodigua les premiers soins sans obtenir aucun succès.

— Serait-elle morte? s'écriait douloureusement Mme Dumérieux. Pauvre enfant! fût-elle coupable, je lui dois la vie de ma fille!...

Dès que rentra le domestique et qu'on n'eut plus qu'à s'occuper de l'intervalle prescrit pour administrer la potion à Nathalie, Mme Dumérieux s'empara du docteur:

— J'ai ici, cher docteur, lui dit-elle d'une voix tout alarmée, une autre malade qui réclame aussi votre science !... Puis, jetant à la dérobée sur son mari un de ces regards dont la douce autorité savait réprimer l'humeur irascible du banquier, elle continua, sans paraître remarquer le froncement de sourcil qui indiquait la sourde colère qui couvait au fond de l'âme de son mari : venez donc au plus vite...

Et prenant la main du docteur elle le conduisit dans la petite chambre qu'occupait Denise depuis son séjour chez elle.

— Le cas est ici plus grave ! en conséquence beaucoup plus dangereux objecta le docteur ; il y a lésions et fractures, spasmes et syncopes... Il entr'ouvrit avec peine les lèvres de Denise et lui fit avaler une cuillerée de potion qui amena une subite réaction : le sang reflua violemment au cerveau, puis elle retomba dans un état de prostration générale...

Le docteur ablutionna les parties affectées du contenu d'une petite fiole renfermant des spiritueux aromatiques, que, suivant l'habitude, les praticiens de campagne portent constamment sur eux !

Au bout de quelques minutes, Denise poussa une plainte arrachée par la souffrance.

— Avec la vie de ma fille, Monsieur le docteur, dit Mme Dumérieux d'une voix pleine de prières, je vous demande aussi celle de cette enfant !... Et elle laissa s'épancher les premières larmes qui soulagèrent son cœur !...

XI

A la prière du banquier, le docteur ne quitta pas, durant toute une semaine, la chambre de Nathalie, qui ne tarda pas de se rétablir complétement de la chute qui l'avait si fort abattue; puis elle oublia les émotions qui l'avaient précédée.

Quant à M. Dumérieux, il ne se mit pas une fois au lit, ne cessant de faire des questions relatives à la santé de sa chère Nathalie; puis, lorsqu'il fut entièrement rassuré, il pressa avec effusion la main du docteur!...

— Je ne saurai jamais lui dit-il, vous exprimer toute ma gratitude pour votre condescendance à l'égard de mes inquiétudes; vous êtes libre, cher docteur, ajouta-t-il en lui donnant des marques de sa généreuse reconnaissance. Il se rendit ensuite tout joyeux dans son cabinet, où il parcourut avec empressement son courrier, qu'il avait négligé pendant ses tortures paternelles; ce qui eût été en tout autre moment une véritable fatigue pour lui.

— Et ma petite malade ? qu'en dites-vous, docteur ? demandait Mme Dumérieux ce même jour.

— J'en suis plus satisfait aujourd'hui, répliqua le docteur, car enfin l'articulation de l'épaule reprend sa mobilité et les reins fléchissent avec plus de facilité !...

— Pensez-vous comme M. le docteur, mon enfant ? demanda Mme Dumérieux à Denise.

La jeune fille regarda sa maîtresse avec des yeux remplis de reconnaissance, ce qui parut la meilleure de toutes les réponses à Mme Dumérieux, qui passait souvent de longues heures de nuit au chevet de la pauvre malade, dont un sourd murmure accompagnait le nom voué à la réprobation par tous les habitants de la maison jaune.

Mme Dumérieux en souffrait, car elle n'osait condamner, dans son intime pensée, celle qu'à l'office, au vestibule et dans les appartements on accusait hautement de vol ! Elle s'abstenait pourtant de la défendre, dans la crainte de se tromper ; mais elle jugea prudent, avant de se prononcer, d'attendre le moment opportun pour découvrir la cause d'une erreur commise sans doute au préjudice de la probité de Denise.

Elle parut, en conséquence, se consacrer exclusivement à sa fille et presqu'abandonner Denise, afin de tromper plus facilement ceux qui pourraient être intéressés à deviner ses projets. Mais lorsque le banquier, assis dans un vaste fauteuil, se laissait entraîner à son propre insu aux charmes d'un bienfaisant sommeil et que Nathalie respirait calme ou dormait paisiblement, Mme Dumérieux, marchant sur la pointe des pieds, se retournant à chaque petit bruit qui aurait pu dévoiler son départ; se rendait à la petite chambre de Denise, qu'elle entendait soupirer doucement; elle s'asseyait auprès d'elle et lui disait avec bonté :

Allons, ma petite Denise, je veux que vous dormiez, c'est moi qui suis là pour vous consoler; ne pensez à rien de pénible, je vous estimerai jusqu'à ce que vous m'assuriez vous-même que vous êtes coupable, et, le fussiez-vous, je tâcherais de l'oublier ?... N'avez-vous pas sauvé la vie de ma Nathalie... Ah ! soyez sûre que je ne l'oublierai jamais !...

Et Mme Dumérieux posait ses lèvres sur le front toujours brûlant de Denise, y déposait un baiser, et cela rendait un peu de calme à la pauvre délaissée !...

XII

Deux semaines s'étaient écoulées depuis que le docteur était rentré à son domicile, et il ne faisait plus que sa quotidienne visite à Nathalie, qui se promenait dans le jardin appuyée le plus souvent au bras de son père, qui l'entourait de tendres protestations auxquelles la jeune fille paraissait à peine sensible. Aussi Mme Dumérieux examinait-elle sa fille et cherchait-elle la cause d'une tristesse qui lui semblait assez profonde, relativement au caractère léger de Nathalie. Elle reposait bien, mangeait avec appétit, son visage reprenait sa teinte rosée, ses yeux seuls étaient sombres ou inquiets, surtout en présence de Mlle Sylvia qui, tout-à-fait rassurée sur son élève, s'ingéniait à inventer chaque jour un mode nouveau de distraction, ce qui n'empêchait pas Nathalie de détourner opiniâtrément les yeux du regard de Sylvia ! Ce regard l'épouvantait !...

Un matin que Nathalie était seule avec son père, M. Dumérieux lui adressa cette question :

Que se passe-t-il donc, ma chère Nathalie ? J'ai cru remarquer qu'en voyant ta gouvernante te poursuivre de mille attentions, tu éprouvais comme un certain effroi, redouterais-tu qu'elle te fît immédiatement reprendre tes études ?

Sache donc bien que tu es en vacances pour tout l'hiver, si cela te convient, et même pour toujours, si l'instruction te fatigue ou t'ennuie !... Tu as assez d'esprit et d'éducation pour entrer dans le monde, où d'ailleurs la fortune que tu possèdes te placera au premier rang. Reprends donc, chère petite, ta belle humeur d'autrefois, et souris à ton père comme lorsque tu étais enfant... N'es-tu pas toujours ma fille tendrement aimée ?... Tu sais bien que je deviens triste quand je te vois soucieuse.... Je voudrais pouvoir te soustraire à la moindre contrariété... Tu le sais, pour toi je reste ici des semaines entières, sans songer à rien autre chose qu'à te complaire !... Oh ! oui, ma Nathalie, ton père saura t'environner de tous les bonheurs possibles, et ta vie s'écoulera sans aucun nuage....

Non, je ne veux pas de tristesse dans tes beaux yeux, car, je le sens, cela me donne envie de pleurer comme un bambin, ajouta Dumérieux en essuyant une larme... Mais, dis-moi, ma fille chérie, ajouta-t-il, dis-moi que tu es heureuse avec nous, et je serai au comble de mes vœux. Et il embrassa tendrement Nathalie.

— Oui!... quelquefois, papa.... c'est vrai!... répondit Nathalie distraitement.

— Dois-je prévenir ta gouvernante qu'elle n'ait autre chose à se préoccuper ici que de cultiver ses talents pour elle-même, et pour le reste de ne rien faire qui puisse te déplaire?...

— Surtout, qu'elle ne vienne jamais dans ma chambre quand j'y suis seule!... répliqua vivement la jeune fille.

— Ah! j'avais bien compris qu'elle te chagrinait, enfant gâtée!... fit le banquier en embrassant de nouveau sa fille, je vais immédiatement lui signifier cette défense de ta part, mais avec tant de politesse qu'elle ne pourra s'en offenser. Cette bonne demoiselle Sylvia qui t'aime tant!... C'est la seule raison qui me la fait affectionner, car je t'avouerai qu'elle ne m'était pas sympathique du tout!...

Monsieur Dumérieux courut bien vite remplir les

volontés de sa chère Nathalie, non sans se détourner à plusieurs reprises pour sourire encore à sa fille.

XIII

Tandis que le banquier avait avec sa fille l'entretien que nous venons de rapporter, madame Dumérieux de son côté croyant le moment opportun pour que Denise pût, sans avoir à redouter les impressions nuisibles à sa convalescence, répondre avec lucidité et franchise aux questions qui se pressaient tumultueuses dans son esprit, dont l'état d'indécision la faisait cruellement souffrir. Tantôt elle condamnait la pauvre fille et tantôt elle l'absolvait sans réticence. Elle se rendit donc auprès d'elle, bien résolue d'obtenir de Denise un aveu complet de sa faute ou à pénétrer par tous les moyens possibles le mystère qui recouvrait peut-être les sourdes menées de la jalousie.

Madame Dumérieux trouva Denise plus calme

qu'elle ne l'avait espéré, et augura favorablement de son entrevue qui allait enfin dissiper tous ses doutes. Du moins elle l'espérait.

— Vous paraissez très-bien aujourd'hui, mon enfant, dit Mme Dumérieux, en prenant avec une douce familiarité la main de la jeune fille.

— Oh ! oui, Madame, je me trouve mieux que jamais, ce matin ! Oh ! que je vous remercie, ma bonne maîtresse, de vos tendres soins !... Sans eux je serais morte de chagrin... Et Mademoiselle, est-elle tout-à-fait rétablie ?... Elle s'arrêta. — Verrai-je bientôt monsieur Joseph ?... reprit-elle enfin avec hésitation....

— Depuis plusieurs jours, ma fille se porte à merveille, elle se promène près de trois heures sans se fatiguer... Pour Joseph, il vous cherche partout et je vous l'amènerai sous peu !...

— Ah ! que je suis heureuse !... Madame... d'apprendre que Mademoiselle ne vous cause plus d'inquiétude !... et quelle joie j'éprouverai en revoyant M. Joseph.

— Voyons, vous sentez-vous assez forte, ma chère Denise, pour répondre à des questions qu'il me tarde de vous adresser ? reprit Mme Dumérieux en examinant attentivement la jeune fille.

— Oui, Madame, chaque jour je les attendais

avec impatience, et je commençais réellement à me désespérer devant cet absolu silence de tout ce qui me préoccupait sans cesse.

— Je suis donc certaine, Denise, que vous éclaircirez tous les doutes qui se sont amassés malgré moi dans mon esprit?

— Je l'espère comme vous, Madame, reprit la pauvre fille en joignant ses mains et en enveloppant Mme Dumérieux de son regard limpide, car je ne désire rien que vous prouver la sincérité de mes paroles.

— Comment alors, Denise, possédiez-vous les deux pièces d'or appartenant à ma fille?

— Je l'ignore complétement, Madame... Tandis que je souffrais cruellement à la pensée de la terrible accusation qui pesait sur moi, j'ai rassemblé tous mes souvenirs, et aucuns ne m'ont rien révélé sur ce point...

— Mais l'épingle de M. Dumérieux, que vous portiez au cou et cachée de façon qu'elle ne pût être aperçue?

Denise pâlit et manifesta un si grand trouble que Mme Dumérieux se sentit frappée d'un doute cruel.

Répondez-moi franchement, Denise, dit-elle d'un ton presque sévère, vous m'avez promis la plus grande sincérité!...

Ignorez-vous aussi comment ce bijou attachait votre fichu?

— De grâce, ma bonne maîtresse, répliqua Denise d'une voix altérée, épargnez-moi ce pénible aveu... Ah! Madame..... pardonnez!... je me croyais plus résolue..... je n'oserai..... jamais!...

— C'est avouer que vous êtes coupable... Je ne pouvais y croire!... ajouta Mme Dumérieux d'une voix accablée...

— Oh! non,... Madame. C'est à mains jointes que je proteste de mon innocence!...

— Mais il y a une coupable dans tout ceci, qui donc est-elle? reprit Mme Dumérieux en se sentant assaillie de pénibles soupçons; dussiez-vous me percer le cœur, justifiez-vous, vous en avez le droit et je le veux, mon enfant!...

Votre hésitation me fait horriblement souffrir!... Ah! Denise! si vous saviez que je redoute moins un véritable aveu que cette cruelle incertitude, parlez enfin,... mais parlez vite,... enfant, vous me faites mourir!...

— Vous lui pardonnerez, n'est-ce pas, Madame? car vous l'aimez aussi, Mlle Sylvia!

— Sylvia!... fit Mme Dumérieux en tressaillant sur sa chaise, est-ce bien elle que vous venez de nommer?...

— La gouvernante de Mademoiselle, mais oui, Madame, je n'osais pas vous faire de la peine,... mais... vous m'y avez forcée ; il me semblait que vous deviez croire seulement à ma parole, si je vous assurais que j'étais innocente ! Mais, Madame, promettez-moi d'oublier ce que je viens de vous dire?...

— Répétez ce nom, mon enfant, mais répétez-le moi donc, que je sache bien que je suis éveillée !... C'est donc Sylvia, la coupable !... reprenait Mme Dumérieux en pressant les mains amaigries de la pauvre fille avec un transport qui exprimait l'angoisse qu'elle avait endurée pendant l'hésitation de Denise ;... c'est bien la vérité, ma chère enfant, vous ne me trompez pas ?...

— Toute la vérité, Madame, fit Denise stupéfaite de l'expression navrée du visage de sa maîtresse et de l'altération de sa voix.

— Oh ! merci, mon Dieu ! pour mon cœur de mère qui eût été à jamais brisé, ajouta mentalement Mme Dumérieux.

— Vous ne m'en voulez pas, Madame, et vous ne me forcerez pas d'ajouter un mot, car vous comprenez mieux que moi ce qui s'est passé, sans doute ?

— Mais au contraire, Denise, soyez tranquille, je veux tout savoir et croyez bien que je vous écouterai avec calme et surtout avec joie, car je vous aime comme si vous m'apparteniez ! Oh ! reprenait encore Mme Dumérieux en attachant sur le visage candide de sa protégée un regard d'ineffable bonheur, Denise ! Denise ! vous m'avez rendu deux fois ma fille !... Et maintenant j'attends avec impatience que vous me racontiez tout ce que vous savez.

La jeune fille fit son récit avec simplicité ; elle redit mot pour mot la conversation qu'elle avait eue avec la gouvernante au sujet de l'épingle que tenait le petit Joseph puis l'offre, qu'elle lui avait faite de la garder, ses réponses, son refus, et enfin son acceptation, dans la seule crainte de blesser la susceptibilité de Mlle Sylvia.

La voix de Mme Dumérieux exprima quelque anxiété à cette nouvelle question.

— Comment se fait-il qu'une épingle, donnée huit jours avant celui où a été perdue celle de mon mari se trouve être cette dernière, puisque M. Dumérieux affirme qu'il l'avait encore à quelques pas de la maison ? Il faudrait, en cas de substitution, que les deux bijoux fussent à peu près semblables, autrement vous en auriez sans doute remarqué la différence.

— Il est certain, reprit Denise en réfléchissant, que lorsque j'ai pris l'épingle de M. Joseph, je l'ai à peine regardée; mais quand je l'ai serrée dans le tiroir de cette petite table, elle ne m'a pas paru si belle qu'en la mettant à mon fichu!... Je ne me suis pas arrêtée longtemps à cette réflexion, que je me rappelle pourtant avoir faite, car je ne l'avais pas touchée une seule fois, durant la semaine qui me séparait du jour où je devais la porter à Fanchette!...

Mme Dumérieux écoutait Denise, et suivait avec intérêt les impressions successives de son visage, qui restait candide et plein de sérénité au milieu de ses diverses réflexions.

— Vous ignoriez avant de partir que M. Dumérieux eût perdu son épingle?

— Assurément, Madame, et j'étais loin de penser que cette épingle était la sienne, sans quoi je la lui aurais certainement présentée..... mais Mlle Sylvia ne m'a pas laissé le temps de faire aucune réflexion, elle m'a de suite accusée...

— Oh! je percerai ce mystère!... fit Mme Dumérieux, mais je vous défends expressément, Denise, de répondre à aucune question qui vous serait adressée par un autre que par moi; vous m'en avertirez seulement et je vous promets de vous justifier publiquement.

— Oh! pour une telle faveur de votre part, ma

bonne maîtresse, il n'est pas de souffrance que je ne n'accepte de grand cœur... répondit Denise d'une voix remplie de reconnaissance.

Mme Dumérieux satisfaite de ce premier pas fait dans le dédale obscur d'une basse intrigue, ourdie sans doute sous l'impulsion d'une vile jalousie, se rendit auprès de sa fille en se composant un maintien de circonstance. Elle espérait obtenir de ce côté de plus amples renseignements; elle comprenait dès lors que Nathalie devait souffrir d'une faute à laquelle elle avait participé en l'autorisant de son silence, silence qui devait lui être imposé; elle devinait, la bonne mère, que le cœur de sa fille ne cherchait qu'à s'épancher et à s'affranchir du remords qui la torturait. — Cependant elle devait mettre beaucoup de circonspection pour ménager le susceptible orgueil de Nathalie et s'abstenir de reproches (du moins pour le moment) afin d'arriver sûrement à un aveu complet. Aussi Mme Dumérieux n'aborda sa fille qu'après s'être composé un visage impénétrable.

— C'est avec grand plaisir que je remarque combien ta santé reprend chaque jour, ma chère fille, dit-elle à Nathalie en l'embrassant avec tendresse et prenant près d'elle la place laissée libre par son mari.

— Oui, je vais parfaitement, maman, fit la jeune fille en répondant aux caresses de sa mère.

— Tu sais, chère enfant que nous n'attendons que la seule manifestation de tes désirs pour retourner à...

— Et Denise, comment va-t-elle? reprit Nathalie vivement en interrompant sa mère.

— Je ne me préoccupe plus de sa santé, répliqua froidement Mme Dumérieux, je l'ai soignée parce qu'elle avait préservé ta vie, l'humanité d'ailleurs nous commande d'agir ainsi même envers les plus criminels, dût-on ensuite les remettre aux mains de la justice,.. car enfin un voleur... peut devenir un assassin!... et la conscience n'est pas toujours libre de cacher une faute qui mérite punition... Pour mon compte, je suis outrée de la conduite de Denise, qui ne s'était couverte du manteau de la plus intègre probité, que pour voler ensuite avec plus de sécurité; aussi je ne me sens presque nulle pitié pour elle... car supposons que tu aies perdu cet or?... Ce serait toujours une grande faute de le garder... Admettons encore, poursuivit Mme Dumérieux en ne quittant pas le regard de Nathalie qui baissait la tête en rougissant, qu'elle n'ait pas songé à faire cette restitution... mais, l'épingle de ton père, dont elle s'empare sans chercher à la rendre et qu'elle cache, au contraire, avec un soin tout particulier!... Elle a indignement abusé de notre confiance et surtout auprès de moi, qui l'avais prise en pitié au point de te faire supposer qu'elle t'enlevait une partie de mon amour! Avoue-le, Nathalie, n'est-ce pas que tu as cru un moment que je te préférais cette jeune fille? et pourtant, ma Nathalie, fit Mme Dumérieux en pressant sa fille contre son cœur, je m'étonnerais que tu eusses pu y penser un seul instant. Est-ce qu'une mère dispose de la plus petite parcelle de son affection maternelle pour la livrer à une étrangère? la jugeât-elle mille fois plus digne que son enfant..... Aussi j'espère, ma fille, que tu vas m'aider de tes conseils pour choisir le genre de punition que je dois infliger à Denise : sa faute a été publique et, par conséquent, mérite un châtiment exemplaire, ne fut-ce que pour servir de leçon aux autres serviteurs, et demain, sans plus de retard, je.....

— Grâce pour Denise, maman, s'écria Mlle Dumérieux en se précipitant au cou de sa mère, je l'ai déjà dit à Mlle Sylvia, Denise ne peut-être aussi coupable qu'elle l'affirme!...

— Et comment me prouveras-tu son innocence? chère enfant, reprit Mme Dumérieux en jouant la surprise, les preuves qui l'accusent ne sont-elles pas irrécusables ? Ton père m'a tout raconté, en ce jour de triste mémoire où j'ai failli te perdre, ma Nathalie !... Je ne demande pourtant qu'à te croire, mais il faut que tu sois bien persuasive pour ébranler l'opinion que m'a fait partager ton père ; elle est loin d'être favorable à Denise !... Voudrais-tu me faire croire que Mlle Sylvia est hostile à cette pauvre fille ?

— Oui, j'en suis convaincue ! observa Nathalie en rendant mot à mot la conversation qu'elle avait eue avec sa gouvernante, le jour où le petit Joseph avait tenu l'épingle ; — j'étais trop loin pour tout saisir, ajouta-t-elle, mais j'ai compris qu'elle faisait une semonce à Denise, puis elle lui donna l'épingle qui faisait le sujet de cette discussion. Ce qui m'a confirmée dans ce doute, maman, c'est que le même soir que papa assurait avoir perdu son bijou, j'ai vu Mlle Sylvia sortir furtivement de la chambre de Denise en tenant une épingle qu'elle a cachée en me voyant ; puis, voulant la mettre en sûreté sous son fichu, elle l'a laissée tomber ; je l'ai relevée pour la lui rendre, mais déjà elle était rentrée chez elle en poussant la porte avec force et sans me dire un seul mot !... Je me promis de la lui donner le lendemain, mais, hélas ! quand elle vint pour m'éveiller et m'entraîner reconduire Denise, je n'y songeais déjà plus ; puis nous avons rencontré papa cherchant son épingle et c'est alors que Mlle Sylvia, sans me prévenir de rien, a tout de suite accusé Denise !... Je n'ai pas osé m'interposer, voyant papa si en colère, dit Nathalie en hésitant, sans quoi... je...

— Je te loue de ta bonne intention, ma fille. Cependant je désire qu'en présence de Mlle Sylvia tu réprimes toute expression qui pourrait la blesser ; nous ignorons si ce n'est pas une méprise de ta part ; il nous est imposé à toutes deux d'être certaines, afin de ne pas flétrir une innocente pour réhabiliter une coupable !.. As-tu encore l'épingle de Mlle Sylvia ?

— La voici, dit Mlle Dumérieux en ouvrant un tiroir de son secrétaire, prenez-la, maman, je n'ose pas plus toucher à ce malheureux bijou que je n'ai eu le courage d'en parler à ma gouvernante, dont le regard me poursuit et m'épouvante à m'en donner le cauchemar ! !

— Tu crois donc qu'elle n'aime pas Denise ?

— Je suis sûre qu'elle la haïssait plus que je ne la détestais moi-même, car c'est vrai, maman, j'étais jalouse de Denise !... Mlle Sylvia me répétait toujours que vous l'aimiez trop !!

Et maintenant, que penses-tu de tout cela ?

— Que je me suis laissé tromper par les fausses interprétations de ma gouvernante, que je ne puis plus que mépriser, et je crois être convaincue maintenant que c'est plus que de la pitié que m'inspire la pauvre Denise !...

Mme Dumérieux retint l'élan qui la portait à remercier sa fille de l'intérêt qu'elle montrait pour Denise, redoutant encore que la jalousie de Nathalie ne fût qu'assoupie : elle se contenta de lui recommander une grande réserve à l'égard de tout le monde, tant elle craignait qu'une froideur trop marquée pour la gouvernante ne fît échouer les projets qu'elle méditait et comptait mener à bonne fin ! Aussi ne voulait-elle faire aucune confidence jusqu'au moment ou elle devait faire une réparation publique et solennelle à sa protégée !.....

Personne ne songeait plus à la pauvre Denise, elle paraissait complétement oubliée, tant était profond le silence que l'on gardait à son égard.

XIV

On resta encore une semaine à la maison jaune, puis on parla sérieusement de retourner à la ville; mais comme l'accident survenu à Mlle Dumérieux avait empêché les réjouissances de la fête annuelle, qui s'était passée sans aucun plaisir, le banquier conseillé par sa femme, annonça pompeusement qu'il comblerait le déficit commis aux dépens des satisfactions ordinaires de ses employés et de ses serviteurs.

Il fut décidé que la fête aurait lieu à une ferme qu'avait fait récemment construire M. Dumérieux, et que ce même jour on y installerait le nouveau fermier, dont le choix avait été confié à Mme Dumérieux.

Tous les serviteurs faisaient entre eux de vastes

projets au sujet du bal champêtre, qui ne manquait jamais de produire un effet magnifique, sans oublier les petits présents que faisait le banquier avec une rare prodigalité et qui n'étaient que le prélude de ceux de la nouvelle année.

Il n'y eut pas d'autre sujet de conversation à la maison jaune, pendant la semaine qui précéda ce dimanche tant désiré, où chacun se leva avant le jour. On entendait un tumulte de voix et un continuel piétinement, on courait d'une chambre à l'autre : du vestibule aux mansardes, tout était en rumeur !

Le soleil était pur et ses rayons chauds encore, il remplissait tous les cœurs de délicieuses espérances ; les arbres, à demi dépouillés, conservaient un aspect de jeunesse et de gaieté qui redoublait la joie des admirateurs de ces dernières splendeurs de la nature.

Denise, tristement assise près de la croisée de sa petite chambre, soupirait en silence ; son cœur se gonflait à la pensée de ses parents dont elle n'avait pas entendu parler, elle ignorait s'ils avaient appris la flétrissure dont on l'avait si injustement accablée ; un murmure, semblable à celui de la mer, bourdonnait sans cesse autour d'elle des mots cruels qu'elle n'osait répéter !... Elle écoutait anxieuse tous les bruits montant de l'office, où les serviteurs rassemblés pendant la journée s'occupaient peut-être d'elle et l'accusaient ! son oreille était avide de reconnaître une voix amie prenant sa défense. Mais nul écho retentissant ne lui indiquait qu'elle eût reconquis l'estime dont on l'entourait jadis et qu'elle savait mériter plus que jamais.

Elle doutait parfois de la parole de Mme Dumérieux, qui pourtant lui avait promis justice, mais justice éclatante !

Absorbée par ces cruelles pensées, la pauvre fille vit s'éloigner tous ceux qui paraissaient l'aimer autrefois et qui ne prononçaient pas même, à cette heure, une seule expression de regret de ne pas l'avoir au milieu d'eux !

Elle sentit son âme se déchirer sous d'incroyables angoisses !..

Le vent qui balançait la cime des arbres apportait l'ombre dans la chambre et la rendait triste à mourir !... Elle recueillait avidement tous les échos de cette multitude de voix si joyeuses qui se répercutaient en s'enfuyant, puis s'éteignaient ensuite en laissant comme un souffle autour d'elle dans cette effrayante solitude. Denise, ne pouvant maîtriser davantage une émotion qui était devenue intolérable, se prit la tête entre les mains et des sanglots s'échappèrent de sa poitrine.

Mme Dumérieux entrait en ce moment chez la pauvre fille, elle resta un instant sur le seuil de la porte afin de contempler, Denise qui, le visage collé sur le carreau, cherchait opiniatrément à ressaisir soit un bruit de voix, soit la trace d'un pas, comme si le silence qui l'environnait vint lui causer une grande frayeur!

— Encore triste, mon enfant, Eh quoi! toujours?... fit Mme Dumérieux avec douceur en prenant la main moite de Denise, j'aimerais pourtant à ne voir ici aujourd'hui que des visages heureux et des lèvres souriantes. Vous avez assisté, je le vois, à ce joyeux départ.... Serait-ce le bonheur de tous qui vous serait pénible?...

— Oh! Madame! répondit Denise avec amertume, c'est vrai, car ils sont tous partis en riant, sans seulement songer à ma tristesse!... Ils s'éloignent tous sans souci de me laisser seule!... Que leur importe que je pleure quand ils s'égaient, moi qui suis accusée quand je ne suis pas coupable!... et Denise se remit à pleurer...

— N'auriez-vous plus confiance en mes promesses, Denise, et croyez-vous, parce que j'ai mis quelque retard à combler vos désirs, qui ne sont que trop conformes aux miens, que j'aurais oublié l'impérieux devoir qui m'est tracé par la justice et la loyauté de mon cœur? détrompez-vous, mon enfant, si telle est votre opinion!

— Oh! mais.... je crois à votre bonté, Madame, oh! oui, j'ai toujours confiance en vos promesses. Pourtant, je vous l'avoue... en rougissant de ma faiblesse... à l'idée de rester seule aujourd'hui dans votre maison, je frissonne malgré moi, et la vue de mon isolement me semble plus cruelle que jamais.

— Refuseriez-vous donc de venir à la fête, Denise?

— Je ne saurais goûter aucun plaisir, Madame, tant qu'on peut se croire le droit de m'humilier d'un regard.

Je suis restée seule avec Joseph, auquel je viens d'annoncer qu'il allait revoir sa bonne Denise! il saute déjà de plaisir! On met les chevaux à la voiture pour nous conduire tous trois, je me complais à la pensée de vous voir à côté de moi!

— Impossible! Madame, s'écria Denise, je ne saurais faire autre chose que de me désoler !.... laissez-moi ici, je tâcherai d'oublier mes peines en pensant à votre bienveillance pour moi!... Et Denise essuya rapidement ses yeux...

Pauvre enfant, dit Mme Dumérieux en embrassant la jeune fille, je voulais conserver mon secret et je n'en ai pas la force devant votre douleur !...

C'est vous, méchante Denise, qui me forcez à commettre une indiscrétion dont je m'en veux !... Ne désirez-vous donc pas vous réunir en cette journée à vos parents qui ignorent complétement ce qui s'est passé ! Eh bien ! je les ai prévenus moi-même que vous n'iriez par à la cabane jusqu'au rétablissement de ma fille, ils ne savent même pas que vous avez souffert vous-même, j'ai voulu leur épargner cette douleur !.... Petite égoïste, poursuivit Mme Dumérieux en enveloppant Denise d'un regard rempli d'affection, seriez-vous bien contrariée s'ils partageaient cette occasion de plaisir ?...

— Oh ! Madame, fit Denise d'une voix exaltée par la reconnaissance, je verrai là-bas à la fête, mon père et ma mère qui me croient toujours une brave et honnête fille ?... Que ferai-je donc, Madame, pour vous remercier ?...

— Vous oubliez Fanchette et le petit Joseph ! ils y seront tous ! et vêtus comme pour une fête, je vous en préviens : et comme je désire que vous soyez aussi parée qu'eux, voici, fit Mme Dumérieux en développant un paquet, la toilette que je veux que vous portiez aujourd'hui !.....

— Je n'oserai jamais, Madame, m'habiller avec une aussi belle robe !

— C'est moi qui vais vous parer ; ainsi, obéissez, ma chère enfant ! à moins que vous ne préfériez me faire de la peine par un refus obstiné ?... Et Mme Dumérieux s'installant en face de Denise la revêtit d'une robe de cachemire gris perle, qu'elle recouvrit d'un élégant petit tablier de taffetas noir, posa sur ses épaules une pèlerine de même étoffe garnie d'une jolie dentelle et sur laquelle retombait une magnifique croix d'or, suspendue à une chaîne de même métal qu'elle avait attaché autour de son joli cou flexible ; puis elle avait encore garni ses oreilles de superbes pendants qui brillaient au milieu de la valencienne d'un gracieux bonnet qui complétait sa délicieuse toilette !...

— Comment vous trouvez-vous ainsi ? chère enfant, demanda Mme Dumérieux à Denise, après l'avoir conduite devant une énorme glace de sa chambre à coucher.

C'est bien moi qui suis là ! fit Denise d'un air si étonné que Mme Dumérieux ne put réprimer un sourire, mais je vous assure que je n'oserai pas bouger, Madame ; tout le monde va se récrier en me voyant...... Mes parents sont capables de me renier pour leur fille !... Oh ! Madame, s'ils n'allaient pas reconnaître leur chère Denise !......

— Ils ne seront que plus heureux en vous regardant, chère petite, répliqua Mme Dumérieux d'une voix pleine d'émotions, vous avez tant souffert en silence et avec un si noble courage qu'il est de toute justice que vous soyez réhabilitée publiquement et en grande pompe !..... Partons maintenant, fit Mme Dumérieux en remettant le petit Joseph à Denise, pourvu, ajouta-t-elle, que vous soyez aussi forte dans votre joie que vous l'avez été dans votre douleur !...

— Ah ! Madame, dit la pauvre fille sans se rendre compte de l'agitation qui s'emparait d'elle, vous voulez sérieusement que je vous accompagne vêtue de la sorte ?.... Mes parents me verront donc comme cela ?...

— Mais ils seront aussi bien vêtus que vous, mon enfant ; combien de fois faut-il vous le répéter pour vous convaincre ?

— C'est trop de joie alors pour moi aujourd'hui, Madame, surtout quand je me croyais si malheureuse !....

— Ce n'est encore, Denise, que l'horizon du beau ciel que ma reconnaissance vous a préparé....

Denise, sans comprendre, suivit avec empressement sa maîtresse ; toutes deux s'installèrent dans une élégante voiture qui roula bientôt avec rapidité, grâce à l'agilité des jarrets de deux fiers et vigoureux chevaux.

On ne tarda pas à apercevoir les serviteurs, qui s'étaient échelonnés pour mieux avertir de l'arrivée de leur maîtresse.

A la vue de Denise assise à côté d'elle et tenant le petit Joseph qui l'accablait de caresses, ils demeurèrent surpris, et leurs yeux s'interrogèrent mutuellement.

Le banquier lui-même, qui ignorait tout, ne savait s'il était bien éveillé.

Nathalie, comprenant déjà une partie de l'énigme, souriait à la dérobée.

Sylvia, ébahie tout d'abord, ressentit en elle une sorte de commotion pénible; un soupçon s'empara de son esprit et elle trembla de tous ses membres en jetant vers Mme Dumérieux un regard d'épouvante.

— Où est donc votre nouveau fermier, Ludovic ? dit Mme Dumérieux en s'adressant à son mari, car, malgré que je l'aie choisi avec vous, je serais satisfaite que vous voulussiez bien me le présenter ostensiblement.

— Je n'aspire qu'à cela, en ce moment, ma chère amie, répondit M. Dumérieux comme sortant d'un songe, mais il ne s'est pas senti aussi pressé que nous d'arriver, sans doute, car il n'est pas encore ici...

— Vraiment! répartit Mme Dumérieux d'un ton plaisant, c'est que peut-être il veut créer d'autres usages!... Mais quel est le bruit extraordinaire que j'entends?.... C'est peut-être lui qui nous arrive ainsi avec autant de sonorité?...

— Je serais tenté de le croire, reprit le banquier en prêtant l'oreille, nous aurons engagé sans doute un fermier de premier choix, qui se trouve en outre musicien...

— C'est une faveur que je n'ambitionnais pas, observa en riant Mme Dumérieux, pourtant un peu de luxe pour sa présentation ne fera qu'augmenter le plaisir d'une fête qui, je le souhaite, doit être plus magnifique que jamais.

En effet, on entendait au loin les accords d'une musique militaire se mêlant à plusieurs instruments de village, qui s'unissaient assez bien et produisaient une symphonie des plus réjouissantes.

— Je parierais, Ludovic, que c'est votre fermier, qui vient ainsi tout joyeux vous remercier de l'avoir choisi sur tant d'autres qui s'étaient présentés.

— Vous êtes une habile devineresse, ma chère Anaïs, fit le banquier en regardant au dehors, c'est bien réellement le personnage que vous m'avez présenté il y a quelques jours.

On vit apparaître aussitôt un homme d'une cinquantaine d'années, le visage épanoui, et vêtu d'habits neufs ; il se tenait à la porte de la ferme ; près de lui sa femme, portant le costume d'une riche paysanne, donnait la main à une petite fille de sept à huit ans, aux formes grêles et au teint à peine coloré, qui semblait chercher autour d'elle avec inquiétude. Tout-à-coup son visage s'anima d'une expression de bonheur, car elle aperçut Denise qui lui souriait de loin.

Non loin de ce groupe, on remarquait un jeune homme, en habit militaire, tenant suspendu à son cou un petit garçon de dix-huit mois qui lui souriait et lui tirait ses moustaches. Plusieurs jeunes gens l'escortaient et manifestaient une gaieté des plus bruyantes.

— Reconnaissez-vous cette famille, mon enfant, demanda Mme Dumérieux à Denise qui restait immobile d'étonnement et de joie.

— Mon frère !... lui aussi !... Madame !... Oh ! merci... merci mille fois... car c'est à vous que nous devons ce bonheur.

Denise se saisit de la main de Mme Dumérieux et la baisa avec transport.

— Votre fête n'eût pas été complète s'il avait manqué un membre de votre famille ; c'est pour vous, Denise, que nous nous réunissons ici... Et se penchant à l'oreille de son mari, elle lui dit quelques mots, pendant lesquels le banquier laissa échapper une sourde exclamation.

— Monsieur Dumérieux avait choisi Gilles pour diriger sa ferme, sans savoir qu'il fût votre père, reprit Mme Dumérieux, et maintenant que je viens de le lui apprendre, nous ne demandons à Gilles que de la faire prospérer dans votre intérêt, car elle vous appartient, Denise ; nous sommes désireux de vous assurer une heureuse position, persuadés que nous sommes que vous mériterez toujours notre estime et notre affection qui vous sont justement acquises, après avoir sauvé la vie de notre fille... Maintenant, chère Denise, nous vous prions instamment d'oublier une méprise qui pouvait flétrir à jamais votre réputation... Comme nous souhaitons que tout le monde se réjouisse de votre bonheur, nous allons distribuer nos petits cadeaux habituels, et je commencerai par Mlle Sylvia, qui, je l'espère, ne se séparera jamais de ce cher souvenir.

Et Mme Dumérieux présenta à la gouvernante l'épingle trouvée par Nathalie !

Sylvia jeta sur Mme Dumérieux un regard plein de haine et de colère.

— Sachez, Mademoiselle, lui dit à voix basse Mme Dumérieux en la contenant par la dignité de son regard, que les méchants tôt ou tard sont écrasés par le poids de leurs propres méfaits !

Il était juste que je réhabilitasse publiquement celle dont vous avez terni l'honneur et la réputation par votre souffle impur ! Tout le monde, excepté elle qui m'a implorée en votre faveur, tous, dis-je, ignorent que vous avez accusé sciemment une innocente ; restez donc avec nous jusqu'à la fin de cette journée si vous le désirez, sinon vous trouverez dans votre chambre la somme nécessaire à votre départ et qui vous mettra en mesure d'attendre un nouvel emploi... Je vous engage, Mademoiselle, à suivre mes conseils : agissez à l'avenir avec plus d'adresse et de tact que vous ne l'avez fait à la maison jaune, où vous avez voulu semer de perfides insinuations, et rappelez-vous qu'une mère aimera toujours assez son enfant pour ne lui préférer personne !

Sylvia comprit très-bien le sens des paroles de Mme Dumérieux, qui s'éloigna d'elle en la saluant avec une froide politesse.

Quelques minutes après, la gouvernante ainsi

congédiée avait disparu sans qu'on se fût occupé de quelle manière elle était partie.

— En vérité, dit M. Dumérieux à sa femme, je suis enchanté que cette demoiselle Sylvia soit évincée de chez nous, elle n'avait jamais eu mes sympathies.....

— C'est comme Denise, à ce qu'il paraît, reprit Mme Dumérieux en souriant.

— Oh ! fit le banquier d'un ton embarassé en se frottant l'oreille..... Denise !... c'est différent !... Je croyais que Nathalie ne l'aimait pas ;... puis cette méchante Sylvia m'avait si habilement persuadé que c'était une voleuse !...

Il fallait posséder toute votre finesse, pour voir clair dans cette pénible aventure où tout se réunissait pour accabler la pauvre fille dont l'innocence m'est maintenant prouvée ; aussi pouvez-vous joindre au cadeau de la ferme, que je fais de grand cœur, tout ce qui vous sera agréable, je serai trop heureux de vous satisfaire et je vous demanderai d'oublier la part que j'ai prise si involontairement dans l'accusation de Denise ?

— Vous avez un cœur excellent, Ludovic, aussi ne me souviendrai-je jamais, que de vos bonnes qualités !

La fête se prolongea toute la nuit au milieu de

la plus franche gaieté ; nul incident ne vint la troubler, et le jour commençait à poindre quand les habitants de la maison jaune songèrent à se retirer chez eux.

— Venez-vous avec nous, mon enfant, ou préférez-vous rester à la ferme ? demanda Mme Dumérieux à Denise.

— Oh ! suivez-nous, Denise, dit vivement Mlle Dumérieux, et je vous promets de ne vous considérer dès à présent que comme une compagne et une amie ; votre inaltérable générosité me préservera dans l'avenir contre tout injuste sentiment de jalousie !...

— Vous voyez, dit le banquier radieux à sa femme, comme ma Nathalie est aimable et bonne ?

— Grâce au ciel, répliqua Mme Dumérieux avec gravité, il ne restera rien de fâcheux dans la situation de cette charmante enfant que j'avais accueillie à la maison avec tant d'empressement, espérant vaincre la paresse de Nathalie par l'émulation de cette nature laborieuse, autrement je ne me pardonnerais jamais de l'avoir exposée à tant souffrir.

— N'est-elle donc pas très-heureuse de nous avoir connus ? repartit le banquier : voilà son sort et celui de toute sa famille assurés !... Tout est au mieux..... N'y pensez plus, ma chère amie, et retournons chez nous en emportant un bon souvenir de cette fête de famille..... Oui, ma chère Anaïs, votre cœur sera satisfait..... Songez-y donc : Nathalie sera désormais ce que vous la désiriez, et Denise restera votre éternelle protégée !... Et M. Dumérieux prenant Denise par la main la lui passa sous son bras en lui disant gaiement : Allons, petite, venez avec nous, vous voyez que ma fille le désire ardemment ; je vous regarderai aussi comme étant de ma famille et je me charge de votre avenir !...

— Ne faites rien, en ce moment, pour nous complaire, Denise, observa Mme Dumérieux ; Monsieur vous laisse aussi libre que moi d'interroger votre cœur !... Je crois lire dans vos yeux un violent désir de rester avec votre famille et je ne saurais vous désapprouver, je vous l'avoue !...

— Oh ! Madame ! fit humblement Denise en se prosternant aux genoux de Mme Dumérieux, votre bonté immuable vient encore en aide à mon cœur qui n'aurait osé vous exprimer ses sentiments dans la crainte de vous paraître ingrate !... Il m'a été si pénible de les quitter, ajouta la pauvre fille d'une voix émue, et je me sens si peu faite pour vivre au milieu des grandeurs de votre maison...

Oui, quoique comblée de vos incessants bienfaits, ma pensée n'a pu s'isoler un seul instant de la pauvre cabane où vivait loin de moi ma famille bien aimée !...

— Vous êtes dans le vrai, Denise, répartit Mme Dumérieux avec tristesse, et malgré la peine que je ressens de me séparer de vous, j'avoue néanmoins qu'en voulant détruire l'ordre des positions réglées par la Providence, on ne recueille trop souvent que d'amères déceptions, et quoiqu'ici les événements se soient terminés très-avantageusement pour vous, je frémis pourtant à l'idée des funestes résultats qui pouvaient en être la suite !... Demeurez donc à la ferme et continuez à rendre heureux ceux qui vous entourent !... Promettez-moi seulement, chère petite, de venir quelquefois, dans la belle maison d'été, passer quelques heures à la maison jaune, qui fut la vôtre pendant plus de cinq mois et où vous trouverez toujours des cœurs sympathiques et pleins de reconnaissance !

— Je n'y manquerai pas ! ma bonne maîtresse, répondit Denise dont les yeux exprimaient la plus vive gratitude, mon cœur et ma pensée vont vous suivre et croyez que mes vœux auront pour but de hâter votre retour près de nous ! Oui, jusque-là, soir et matin je prierai de toute l'ardeur de mon âme pour que jamais aucunes peines ne vous frappent ici-bas, et pour que votre bonheur soit la récompense de celui dont vous avez si généreusement comblé les habitants de la pauvre cabane, qui, par un dévouement éternel, vous prouveront toute leur reconnaissance !...

. . . .

— Eh bien ! mes jeunes lecteurs, êtes-vous satisfaits ?... et ma plume d'oie a-t-elle assez naïvement rempli son office en retraçant les douloureuses péripéties du dévouement filial de la pauvre Denise ?... Quoi !... pas de réponse !... Quelques larmes !... Cela me suffit ! Allons, je vois avec bonheur que j'ai atteint mon but, puisque j'ai fait naître une émotion douce sur vos jolies figures railleuses !... Aussi vais-je poursuivre ma tâche en vous faisant un second récit non moins attachant que le premier. Il s'agit de.....

Mais qu'est-ce ?... Un coup de sonnette !... Ah ! *Povero !*... je l'avais oublié.....

C'est mon importun visiteur.

PARIS. — DE SOYE, IMPRIMEUR, 2, PLACE DU PANTHÉON

PARIS. — DE SOYE, IMPRIMEUR, 2, PLACE DU PANTHÉON

www.ingramcontent.com/pod-product-compliance
Ingram Content Group UK Ltd.
Pitfield, Milton Keynes, MK11 3LW, UK
UKHW031909260826
14628UKWH00003B/1075

9 782019 257293